Michael Markaris

Mykonos Love Story

AF206875

Michael Markaris

Gay Classics

Der Mykonos-Krimi 5

DIE MYKONOS LOVE STORY

Kommissar Pandis und Angelos

Impressum
Titelbild: Istockphoto/ Karte Wikivoyage
Copyright Michael Markaris
ISBN 9783748128960
Herstellung und Verlag:
BoD- Books on Demand, Norderstedt

Für Angelos
s'agapó
RIP

VORWORT

Dieses Buch beruht auf wahren Gegebenheiten. Der größte Teil ist sogar die Wiedergabe von Geschehnissen, die sich so ereignet haben.

Zunächst wollte ich den Plot als Roman verfassen. Um es nicht zu traurig werden zu lassen, entschied ich mich für einen Krimi. Allerdings gab es das Problem, dass bereits eine Mykonos-Krimi-Reihe existiert. Eine Konkurrenz zu schaffen, war nicht in meinem Sinne. Auf einer Insel tut man so etwas nicht.

Daher habe ich den Autor der Reihe angesprochen, ob ich seine Figur des Kommissars Pandis „entleihen" kann. Zunächst war er verständlicherweise skeptisch, denn seine Hauptfigur sollte mit 53 sein Coming out haben. Das würde der Leser nicht glauben. Das muss er glauben, sagte ich, der lebende Beweis sitzt hier.

Für mich war die Nähe zu den Pandis-Krimis wichtig, denn in den Krimibänden gab es bereits eine Nebenfigur Angelos, die „nur" entwickelt werden musste.

Ein herzlicher Dank von meiner Seite aus an den Kollegen. Ich hoffe, ich habe seine Figur nicht zu sehr entfremdet.

So entstand Band 5 der Mykonos-Krimi-Reihe mit einem etwas anderen Kommissar Pandis.

Efcharisto – Danke!

Michael Markaris

Personen und Handlung sind frei erfunden, steht hier **normalerweise.**
Der letzte Teil des Sextetts aber beruht auf wahren Begebenheiten. Da Teil 5 sich insofern von den Bänden 1-4 unterscheidet – auch von der Thematik -, erscheint er vor Band 4.Da die Fälle in sich geschlossen sind, stellt dies kein Problem dar. Nur manche Namen und Kleinigkeiten mussten aus juristischen Gründen verändert werden.

Es würde brennen wie Zunder.
Er schüttete Benzin aus dem Kanister.
Ein paar Quadratmeter sollten reichen.

Dann würde der Idiot endlich verkaufen.
Er würde das Geld brauchen.
Ohne Geld kein Haus.
Und das Haus würde in wenigen Minuten
verschwunden sein.
Brandstiftung? Nein! Fortschritt.

Er warf das Benzinfeuerzeug auf den
Boden.
Es zischte.
Im Nu brannte es auf breiter Front.
Erstaunlich. Diese Geschwindigkeit.
Plötzlich raste ein Feuerball auf das Haus zu.
Er wusste, es war heute leer.
Er war kein Mörder, nun ja, zumindest heute
nicht.
Plötzlich hörte er einen Schrei.
Und da.
Eine Flammensäule.
Nein. Das war ein Mensch.
Und der schrie und rannte.
Schrie und rannte im Kreis.

Aber wohin der Brennende auch rannte.
Feuer. Feuer.
Überall.

Und die Schreie.
Markerschütternd.
Er konnte es nicht mehr ertragen.
Er hielt sich die Ohren zu.
Allein es half nichts.

Die Gestalt taumelte und fiel mit einem
Zischen zu Boden.
Ein letztes Stöhnen.
Fort.
Er rannte fort. Nur weg von hier.

Nie würde er diese Schreie vergessen.
Er wollte doch nur....

1

Nikos und Kommissar, Verzeihung, Polizeipräsident Pandis saßen in ihrem Lieblingscafé „Da Vinci" beim Morgenkaffee, hieß: es war 10.30 Uhr. Pandis war ohne seinen Hausbrandt-Kaffee nicht lebensfähig.

„Wie fühlt man sich als Träger des höchsten russischen Ordens?", fragte Aris, Pandis´ bester Freund.
„Ehrlich? Besser, wenn damit eine Belohnung verbunden gewesen wäre!"
Pandis lachte.

Plötzlich waren Sirenen zu hören.
Feuerwehr.
„Oh bitte, lass es einen Küchenbrand sein!", sagte Pandis.
Er schaute auf sein Handy.
Die Hoffnung hielt zehn Sekunden.
„Chef! Es brennt. In Kalafati!"
WAS? Bei ihm im Dorf?
„Es ist aber nicht mein Haus, Giorgos, oder?"
„Nein, aber daneben. Der Brand ist nicht das Problem. Der Anrufer faselte etwas von einer verkohlten Leiche."

Hieß: kein Gesicht, keine Papiere.

„Halt, Chef. Gerade bekomme ich die Meldung, dass es eine zweite Leiche gibt."

Na bravo.

Zwei verkohlte Leichen.

Sein erster Gedanke:

Was würde wohl Katsakis sagen?

Er würde toben.

Man kann bei Brandleichen wenig obduzieren. Und sie sind äußerst zerbrechlich.

Zumindest muss man sie nicht kühlen.

Sie waren sozusagen „durch"!

2

Pandis fuhr in Richtung Ano Mera, als ihn
der nächste Anruf erreichte.

„Chef, der Brand ist eher auf der Seite von
Lia, nicht Kalafati. Zumindest kommt man
von Lia besser zum Leichenfundort", sagte
Giorgos.

Herrgott, ist es so schwer, den richtigen
Tatort durchzugeben?

Immerhin war es ihm lieber, der Brand läge
in Lia, denn in Kalafati, seinem Wohnort.
Rummel vor der Haustüre mochte Pandis
nicht. Leichen schon gar nicht.

Er fuhr die enge Straße durch Lia hindurch
und erreichte den Strand von Lia. Oder das,
was die Bewohner für einen Strand hielten.
Es war eher eine Steinwüste mit
Meeresanschluss.

Was hilft die unberührte Natur, wenn sie
hässlich ist?

Nach Westen hin rauchte es noch heftig. Zu
sehen war ein komplett abgebranntes Haus
und eine große verbrannte Fläche in
Richtung Kalafati. Gott sei Dank nicht
weiter.

Pandis schätzte die Entfernung zu seinem
Haus auf etwa 500 Meter. Glück gehabt.

Mitten im abgebrannten Feld standen einige Personen um etwas herum.
Hier lagen also die beiden Leichen.
Pandis holte tief Luft und ging weiter.

Nichts kann einen auf verbrannte Menschen vorbereiten. Die meisten Brandopfer ersticken und verbrennen nicht. Geschieht dies doch, so sieht der verbleibende Rest gruselig aus. Wie ein schwarzer Käfer auf dem Rücken und auf die Hälfte geschrumpft, da das Feuer die ganze Flüssigkeit im Körper verdampfen lässt.

Die beiden Opfer lagen vielleicht zehn Meter voneinander entfernt. Beide auf dem Rücken, Gliedmaßen nach oben. Nichts, rein gar nichts deutete darauf hin, dass dies einmal Menschen waren, geschweige denn welche.

Wenn ein Polizist etwas hasst, dann sind es Leichen ohne Hinweis auf die Identität. Kein Gesicht, keine Fotos. DNA ja, aber das hilft nichts, denn womit soll man sie abgleichen? Und nicht von allen Vermissten hatte man DNA-Daten.
Es würde elend werden.

Aber nicht so elend wie der Anruf bei Katsakis, seinem Pathologen.

Chronisch schlecht gelaunt, würde er Pandis unterstellen, am Zustand der Leichen schuld zu sein.

Tatsächlich war seine „Ausbeute" der letzten Mordfälle zumindest bemerkenswert. Eine Leiche ohne Kopf, eine auf Stierhörnern, die nächste in einem Quallenfass ... Er konnte Katsakis´ Abneigung gegenüber Mykonos verstehen. Normal war hier schlicht nichts.

Selbst die Leichen sind hier exzentrisch.

3

„Wem gehört das abgebrannte Haus?"
Pandis deutete auf die qualmenden Reste
einer Behausung.

„Aias Lamprou", sagte Giorgos.

„Ein Bauer, dessen Familie schon seit 200
Jahren hier wohnt."

„Jetzt wohl nicht mehr", brummte Pandis
übellaunig.

„Witwer. Hat eine Tochter, die aber zum
Zeitpunkt des Brandes nicht hier war. Sie
arbeitet in der Stadt. Ich habe sie schon
verständigt."

Heißt: in wenigen Minuten steht hier eine
hysterisch schreiende Frau. Nicht, dass der
Kommissar etwas gegen hinterbliebene
Frauen hatte, aber das Heulen und
Kreischen hatte eine bestimmte Tonlage,
die seine Trommelfelle zum Bersten brachte.
Warum zum Teufel sind Hinterbliebene
immer weiblich? Er hatte in seiner ganzen
Karriere nur eine weibliche Leiche mit
einem männlichen Angehörigen. Und der
war sehr gefasst. Gut, er war der Täter und
so hielt sich seine Überraschung
verständlicherweise in Grenzen. Halt, es
gab noch eine zweite weibliche Leiche.
Seine Ex-Frau. Aber da war er selber der

Hinterbliebene und seine Trauer war eingeschränkt, auch wenn er Eleni niemals den Tod gewünscht hätte.

„Giorgos, Flatterleinen fünf Meter um die Fundstellen herum und Decken über… na ja, über das da."

„Aber Chef, Katsakis …"

„ … kann mich mal kreuzweise. Der muss ja keine Angehörigen wiederbeleben, die beim Anblick des gegrillten Onkels in Ohnmacht fallen."

Hier gab es keine Spuren zu sichern. Alles verbrannt.

Und natürlich war es Brandstiftung.

Überall der Geruch von verbranntem Fleisch und Benzin.

„Und wem gehört der Palast dort?"

„Nikos Milas. Millionär. Sieht man schon an der Größe des Anwesens. Hat sein Geld mit Schiffen, Öl und sonst was gemacht!"

„Da hätte ihm sein ganzes Geld beinahe nichts genützt." Das Feuer hatte 200 Meter vor seinem Anwesen gestoppt, mangels Nahrung. Denn dort gab es nichts, was hätte brennen können.

Nur Steine und Felsen.

„Frag ihn, ob er was gesehen hat. Ich rufe Katsakis an."

Eine schwere Strafe.

Auf dem Weg zum Auto kam er an den Feuerwehrwagen vorbei.

„Danke, Jungs!"

Die Feuerwehrmänner nickten.

Nie vergessen, Helfern zu danken. Man braucht sie immer wieder.

Feuerwehr, Rettungssanitäter, Seerettung …

Er betrachtete die Fahrzeuge und drehte sich entsetzt um.

„Sagt mal, aus welchem Jahr sind denn diese Oldtimer?"

„1956", sagte Sahas, der Kommandant.

„Das gibt´s doch nicht. Damit kommt Ihr doch keinen Berg hoch."

„Das sagen wir schon seit Jahren. Wenn es in den Villen der Reichen in Kalo Livadi brennt, können wir nichts machen, weil die Fahrzeuge den Berg nicht schaffen. Aber uns hört ja keiner zu!"

„Nur aus Interesse: was kostet denn ein neues Fahrzeug?", fragte Pandis.

„150.000 Euro."

„Lieber Gott. Wo soll die Stadt denn das Geld hernehmen?"

Sahas lächelte.

„Von denen da oben", und deutete auf die Hügel von Kalo Livadi.

Pandis nahm sich vor, Bürgermeister und Hotelverband in die Mangel zu nehmen.

Denn wenn eines der Hotels am Berg in Flammen aufgehen würde, wäre die Feuerwehr mit diesem Gerät machtlos.

Es wäre vor allem ein mediales Desaster.

Da musste etwas geschehen.

Ihm selber stand ein verbales Desaster bevor.

Das Gespräch mit Katsakis.

4

„Katsakis."
„Pandis."
„Oh nein. Bitte nicht. Herr, verschone mich.
Eine Oma, die in den Fleischwolf gefallen
ist?"
Pandis lachte.
„Beruhige Dich. Ich habe zwei Leichen …
„Waaasssss??"
„Beides Brandopfer!"
Das beruhigte Katsakis. Es hieß nämlich, es
gab nicht zu viel zu tun.
Zu Obduzieren schon gar nichts. Oder
besser gesagt, wenig. Schwere
Gewalteinwirkung könnte man feststellen,
der Mageninhalt hingegen war sicherlich
verdampft.
„Gut, Pandis, pack sie in die Gefriertruhe.
Aber sei vorsichtig. Diese Leichen sind sehr
zerbrechlich. Sie bröseln. Sollte Dir ein
Malheur passieren, so verteile die Reste
gleichmäßig, sodass jede Familie ungefähr
das gleiche Gewicht erhält".
„Ich fasse die bestimmt nicht an!"
„Und ich fliege garantiert nicht mit Ryanair
nach Mykonos. Das reicht mir noch vom
letzten Mal!"

„Wer ist denn hier der Pathologe bitte?",
raunzte Pandis in den Hörer.

„Was soll ich mit den Dingern? Verwesen tut
da nichts. Also reicht es, wenn sie hier in
Athen sind, sobald Du Zahnschemata
hast!"

„Zahnschemata?"

„Die einzige Möglichkeit, die Leichen zu
identifizieren, außer sie tragen Ringe, die
nicht geschmolzen sind. Für DNS-Tests habe
ich keine Mittel mehr."

„Das wird ja heiter. Und wird Ewigkeiten
dauern."

„Tja, Pandis. Nicht alle Leichen tragen ein
Schild um den Hals mit dem Namen und
der Adresse drauf. Was ist gefragt? Gute,
alte Polizeiarbeit."

Arschloch.

Also muss ich jetzt warten, bis irgendwelche
Vermisstenmeldungen eintreffen. Eine
Leiche wird wohl der Bauer sein.

5

„Chef..."

„Giorgos, was gibt es? Himmel, ich bin beschäftigt!"

Im Da Vinci. Geht aber ihn nichts an.

Stille.

„Giorgos?"

„Ja, äh, ich weiß nicht, wie ich es sagen soll?"

„Versuch´ es mit Sprechen!"

„Es geht um die Leichen", sagte Giorgos.

„Was ist mit den Leichen?"

Pandis war schon auf 180.

„Uns ist ein kleines Malheur passiert."

„WELCHES?"

„Die Glutnester ließen das Feuer noch einmal aufflammen und die Feuerwehr musste erneut löschen. Leider lagen die Leichen genau in dem Bereich."

Pandis wusste, dass ihm der Rest nicht gefallen würde.

„Durch die Decken fingen sie noch einmal Feuer, ja, und, äh, durch den Wasserstrahl und das erneute Feuer haben sich Arme und Beine gelöst."

„Verstehe ich Dich richtig? Die armen Schweine wurden ein zweites Mal gegrillt und dann auch noch geviertelt?"

„Es ist noch schlimmer, Chef. Wir können Beine und Arme nicht mehr eindeutig zuordnen."

Pandis wurde still. Gefährlich.

„Dann transportierst Du jetzt den ganzen Kram in das Büro, bevor die Feuerwehr alles noch in das Meer kärchert. Danach rufst Du Katsakis an und holst Dir Deinen Anschiss ab!"

„Warum ich, Chef?"

Jeder fürchtete Katsakis´ Wutausbrüche. Auch die Hinterbliebenen würden nicht begeistert sein.

„Weil die Leichen schon längst im Keller liegen sollten."

Im wahrsten Wortsinn. Leichen kamen immer in den Keller des Rathauses, weil dort die Kühleinheit stand. Oder besser: die Tiefkühltruhe, die umfunktioniert wurde.

„Aber ich wollt…", begann Giorgos zu protestieren.

„Ich werde Dich zu einem vierwöchigen Praktikum zu Katsakis schicken, wenn Du jetzt nicht in die Gänge kommst!"

Das ist doch nicht zu glauben!

6

„Hallo Nikos, hier Paul!"
Nikos war sein Freund beim Geheimdienst EYP.
„Das gibt´s doch nicht. Gerade wollte ich Dich anrufen!"
„Und ich habe mit Deinem Anruf gerechnet. Ich habe zwei Leichen ohne Identifizierung. Und ich befürchte…"
„…, dass eine der Leichen Angelos´ Ex-Freund Pavlos ist!"
„Wie kommst Du darauf?"
„Weil Angelos gerade bei mir war und mir erzählt hat, dass er seit Tagen von seinem Freund nichts gehört hat. Er hat gefragt, ob er ein paar Tage freihaben könnte, um nach Mykonos zu fliegen und mehr herauszufinden."

Angelos war einer der Scharfschützen des EYP. Beim „Morgenröte-Fall" hatte Pandis ihn kennen- und schätzen gelernt. Und beim „Goldenen Ei" wäre es niemals zu einer Aufklärung gekommen, ohne Angelos´ Hilfe. Angelos hatte einen Freund auf Mykonos, obwohl: es war wohl mittlerweile der Ex-Freund. Im zarten Alter von 28 hatte er sein Coming-Out, dank Mykonos. Und jetzt das!

„Mir ist ganz schlecht, Nikos. Ich habe eine offizielle Vermisstenanzeige von seinem Arbeitgeber, einem Beach-Club. Daraufhin habe ich mir das Zahnschema besorgt. Der Abgleich ergab einen Treffer!" Nikos stöhnte auf.

„Das ist ja grauenhaft. Der Ärmste. Also beide. Aber besonders Angelos. Er war seit Mykonos ganz anders."

„Frisch verliebt sind wir alle anders!", sagte Pandis.

Obwohl ich mich daran nicht erinnern kann. Genau genommen war ich noch nie…

„Wer sagt es ihm?", fragte Nikos.

„Das mache ich", sagte Pandis.

„Vielleicht kannst Du ihm den Technik-Kombi mitgeben. Der würde uns die Ermittlungen erleichtern. Muss er halt mit der Fähre kommen. Oder Du schickst einen zweiten Mann mit dem Kombi. Den Rückflug zahle ich. Angelos will bestimmt so schnell wie möglich kommen."

Nikos dachte nach.

„Ja, das ist das Beste. So machen wir es. Ich gebe Dir die Flugdaten durch. Der arme Kerl ist vollkommen durch den Wind. Ich habe ihm versprochen, mich um alles zu kümmern und das Flugticket übernehmen wir."

„Danke, Nikos – wie immer. Obwohl der Anlass wirklich übel ist."

„Ja, bitte kümmere Dich gut um Angelos!"

Das würde Pandis tun, aber anders, als Nikos sich das vorstellte.

7

Pandis wartete.

In der Halle des Terminals. Obwohl: Halle und Terminal waren die falschen Worte. Der Flughafen war ein „Häfchen", auch wenn er mittlerweile in deutscher Hand war. Fraport baut ihn zwar aus, aber offensichtlich mit griechischem Tempo. Als erstes hatte man einen VIP-Parkplatz gebaut. Während normale Gäste immer noch am einzigen Gepäckband verzweifeln, weil die Koffer von drei Flügen gleichzeitig kommen.

Er war zu früh da.

Der Flug sollte erst in zehn Minuten landen und bei Ryanair waren Verspätungen durchaus üblich. Bei einem 20-Minuten-Flug von Athen aus!

Aber eben billig.

Pandis setzte sich draußen an die Bar. Auch eine Neuerfindung: man hat einfach außen eine weitere Bar eingerichtet.

Sinnvoll. An der frischen Luft. Denn im Gatebereich darf aus Sicherheitsgründen kein Fenster mehr geöffnet oder auch nur gekippt werden. Seit dem 11. September.

In der Hochsaison bekommt man dort regelrecht Schnappatmung mangels Sauerstoff.

Er wollte gerade noch weiter herumkritteln, als Angelos aus der Tür kam.

Gute 1,85 m, muskulös, schwarzes Haar.

Und wässrige Augen.

„Was ist denn hier los. Ryanair vor der Zeit?"

Pandis wollte durch ein Späßchen die Situation entschärfen.

Und Angelos lachte tatsächlich.

„Offensichtlich hatte der kasachische Pilot eine Karte auf dem Schoß."

Nun musste Pandis lachen.

„Wenn es Dir recht ist, fahren wir zu mir nach Kalafati. Oder hast Du andere Pläne?"

„Ich habe gar keinen Plan mehr", sagte Angelos traurig.

„Aber Du kennst das. Du hast Deine Frau durch einen Mord verloren. Und ich wahrscheinlich meinen Ex-Freund."

Pandis sagte nichts. Das Thema war nichts für das Auto.

8

Sie kamen in Kalafati an und gingen in Pauls Wohnung.

„Espresso?"

„Einen doppelten, bitte", sagte Angelos.

Wie soll ich es ihm sagen?

Ich bin definitiv nicht gut im Überbringen von Todesnachrichten. Irgendwie fand er immer die falschen Worte.

„Angelos, ich muss Dir etwas sagen."

Angelos stand auf und ging zum Fenster.

„Pavlos ist tot, richtig?"

Pandis nickte.

„Wir haben gestern die Unterlagen von seinem Zahnarzt bekommen. Das Zahnschema stimmt überein. Es tut mir leid."

„Wurde er ermordet?"

„Das kann ich Dir nicht sagen. Katsakis wird die Leiche noch untersuchen, aber viel ist nicht übrig."

Autsch. Mist. Pandis, du Trottel!

„Aber ich glaube nicht, dass er absichtlich in ein Feuer gerannt ist. Und dass er vom Feuer eingeschlossen wurde, ist ausgeschlossen. Dafür war es viel zu klein."

„Also Mord. Ich kenne Deine Intuitionen. Du liegst meistens richtig", sagte Angelos.

Da hatte er recht. Ganz ohne Selbstlob. Es wäre Pandis lieber gewesen, sich öfter zu irren, aber …

Angelos stand im Raum und ihm liefen die Tränen herunter.
Pandis ging auf ihn zu und nahm ihn in die Arme.
Angelos Körper schüttelte sich.

Und dann passierte es.
Angelos begann ihn zu küssen. Zuerst auf die Backen und dann auf den Mund.
Und Pandis ließ es geschehen.
Ein wilder, fordernder Kuss.
Pandis riss sich los.
„Oh Gott, was tue ich? Es tut mir leid, Angelos. Bitte verzeih. Du hast gerade Deinen Freund verloren und ich …"
Was passierte mit ihm?
Er hatte die Kontrolle verloren.

„Beruhige Dich, Paul. Es ist passiert, weil Du es wolltest! Und ich auch. Ich denke seit Monaten an nichts anderes."
Pandis war völlig verstört. Wie bitte?
„Paul, Pavlos und ich waren nicht mehr zusammen, schon seit Wochen nicht mehr. Du weißt, er war Barkeeper im Tropicana.

Da kann man nicht treu bleiben, wenn
täglich Dutzende männlicher Models an dir
vorbeilaufen. "
Doch, das kann man.
Weil Angelos wie ein Model aussieht. Dazu
noch blitzgescheit.
„Aber es lag auch an mir. Ich wollte
eigentlich ... Dich!"
Was war dieser Pavlos für ein Trottel.
„Aber natürlich hat mich sein Verschwinden
getroffen und ich musste herkommen. Das
war ich ihm schuldig. Und jetzt muss ich den
Mörder finden.
Zusammen mit Dir!"

Angelos ging auf Pandis zu, der am
Küchenfenster stand. Von hinten schlang
Angelos seine Arme um Pandis´ Hals und
begann, dessen Ohren mit der Zunge zu
lecken.
Pandis bekam eine Gänsehaut wie noch
nie in seinem Leben. Zehn Sekunden später
küssten sie sich erneut, viel heftiger und
länger.
Danach lehnte sich Pandis an die Spüle.
Verwirrt. Und ihn packte ein Gefühl, dass er
nie kennengelernt hatte: Glück.
Ihm wurde warm und fast kamen ihm die
Tränen.

„Seltsames Gefühl, wenn man merkt, dass es noch etwas anderes gibt und dass einen dies glücklicher macht.

Ich habe ja selber 28 Jahre gebraucht, um es herauszufinden…"

Pandis begann zu lachen.

„Und ich 53! Ein Coming-out mit 53. Damit komm ich ins Guinness-Book!"

Nun lachten beide.

Sie legten sich auf die breite Couch und kuschelten sich aneinander.

„Woher wusstest Du …?", fragte Pandis.

Angelos lachte.

„Paul, Du warst immer eine Spur zu freundlich. Und als Du Pavlos zum ersten Male gesehen hast, konnte man kurz ein wenig Eifersucht sehen."

So?? All dessen war sich Pandis nicht bewusst.

„Aber ich habe mich nicht getraut, Dich zu fragen. Pavlos war ein Fehler. Ich brauche kein Kind, sondern einen Mann.

Und ich hatte mich entschlossen, dass, wenn wir uns das nächste Mal sehen, ich Dich …!"

„ „„küsse. Brillante Idee", ging Paul dazwischen.

Ja, er hatte Angelos – seit er ihn beim „Morgenröte-Fall" kennengelernt hatte -

sofort gemocht und ja, er hatte ihn überall positiv erwähnt.

Plötzlich erinnerte er sich daran, dass, als er Angelos im Gespräch mit Nikos gelobt hat, dieser ihn fragte, ob er sich verliebt habe. Damals hatte er gelacht.

Aber er konnte sich erinnern, dass er tatsächlich kurz darüber nachgedacht hatte.

War es so offensichtlich gewesen?

„Der Einzige, der es nicht kapierte, war ich selber. Nicht zu fassen. Ich war 25 Jahre verheiratet!"

„Ah ja, und wie viele Jahre warst Du glücklich?

„Keine zwei Wochen", kam die Antwort wie aus der Pistole geschossen.

Und das stimmte. Schon am Ende der Flitterwochen wusste er, dass er einen folgenschweren Fehler begangen hatte.

Aber wie es so ist in Griechenland. Es stehen zwei Familien dahinter, beide religiös. Da kann man sich nicht nach zwei Wochen scheiden lassen.

Und dann kam die Routine.

„Verschwendete Zeit", fügte Pandis hinzu.

„Darüber darf man nicht nachdenken. Ob nun 30 Jahre zu spät oder zehn wie bei mir, spielt keine Rolle. Hauptsache, man erkennt es und genießt die Zeit, die einem bleibt", sagte Angelos.

Pandis lachte.

„Mein Philosoph! Du redest wie ein alter, weiser Mann!"

„Ich arbeite beim Geheimdienst als Scharfschütze. Und zwei meiner Kollegen leben nicht mehr!", gab Angelos ernst zurück.

Pandis, du Trampel.

„Entschuldige, ich rede manchmal, bevor ich denke. Daran musst Du Dich gewöhnen."

Es stimmte ja. Beim „Morgenröte-Fall" waren sie in eine Schießerei geraten, Nikos wurde verletzt. Dabei saß Angelos im Auto vorne und damit mitten im Kugelhagel. Er hätte sterben können.

Pandis erzählte ihm von den Andeutungen Nikos´ beim vorletzten Telefonat.

„Dann weiß es er also auch schon."

„Nein, ich denke, es war mehr Geplapper. Aber Nikos trifft der Schlag, wenn er erfährt, dass es tatsächlich so ist", meinte Paul.

Wenn ich es bin. Bitte lass es so sein!

Angelos setzte sich auf Pauls Oberschenkel, beugte sich nach vorne und küsste Herrn

Kommissar, Verzeihung, Herrn Polizeipräsidenten, erneut.

Angelos. Als sie sich kennenlernten, war er
in Begleitung eines Kollegen mit dem
selben Vornamen. Da Pandis sich die
Nachnamen nicht merken konnte, taufte er
die beiden Angelos 1 + 2. Und Nummer
Zwei saß nun auf ihm.

„Angelos, hör zu. Zwischen uns beiden
liegen 25 Jahre. Du hast noch Dinge vor Dir,
die ich schon hinter mir habe. Dann
arbeitest Du in Athen und ich hier."
„Dafür gibt es Ryanair!", sagte Angelos und
beide lachten.
„Dann fällt manches Date aus."

9

Am Morgen war Pandis – entgegen seinen Gewohnheiten – früh wach.
Er schaute neben sich und sah den schlafenden Angelos.
Mein Gott. Pandis konnte es immer noch nicht fassen.
Aber es war ohne Zweifel die schönste Erfahrung aller Zeiten. Also seiner Zeiten.
Sein ganzes Leben lief wie ein Film vor ihm ab. Warum zum Teufel hatte er nichts bemerkt?
Aber Angelos hatte recht.
Zurückschauen half nichts. Müßig und verschwendete Zeit.
Aber was brachte die Zukunft?
25 Jahre Unterschied? Ich bin definitiv zu alt für Streifzüge durch Beach-Clubs am Wochenende. Obwohl. Wenn es einen Ort gab, wo ein Gay-Pärchen einen solchen Altersunterschied meistern kann, dann war es Mykonos.
Zu Zeiten, als Homosexualität noch überall strafbar war, kamen Tausende Schwule nach Mykonos, um hier ungestört Urlaub machen zu können. Gut, nicht nur Urlaub.

Und das in den Sechzigern! Selbst die Diktatur ließ Gays – die damals noch nicht so hießen - in Ruhe.

Man traf sich tagsüber am Paradise Beach. Dann wurde Schwulsein „hip" und immer mehr Heteros kamen an den schwulen Strand.

Bis die Gays flohen. Eine Bucht weiter. Seitdem gibt es den „Super-Paradise".

Angelos räkelte sich neben ihm und brummte vor sich hin. Pandis betrachtete ihn. Was für ein Körper! Wenn er da an seine Problemzonen dachte ... Gut, er war nicht beim Geheimdienst. Dennoch fragt er sich, was sein Bettnachbar an ihm fand.

„Guten Morgen, Großer", sagte Pandis. Angelos lächelte verschlafen.

„Soll ich Dich ab jetzt ‚Kleiner' nennen?"

„Bitte nicht. Paul reicht."

„Dann, mein lieber Paul, mach uns doch Espresso."

Gute Idee. Himmel, ich muss ja arbeiten. Nein. Nicht heute. Nicht nach der gestrigen Nacht.

Pandis griff zum Handy.

„Giorgos, Morgen. Ich komme heute nicht. Magengrummeln."

„Aber Chef, wir haben zwei Leichen!"

„Nein, wir haben einen Eimer Asche, mehr nicht. Und der kann bis morgen warten!", und legte auf.

Die Leichen können mich heute kreuzweise.

„Du gehst also heute nicht auf die Arbeit?", fragte Angelos, der in Shorts auf den Balkon kam. Pandis schaute aufs Meer und war: glücklich. Angelos schlang die Arme um

Pauls Hals und flüsterte ihm ins Ohr: „Das kann unmöglich Dein erster Sex mit einem Mann gewesen sein. Da hab ich mich beim ersten Mal deutlich dümmer angestellt. Wenn ich daran denke, muss ich heute noch lachen."

„Ich hatte gestern Nacht einen guten Lehrer. Danke."

Angelos lächelte.

„Aber morgen musst Du wieder auf die Arbeit. Wir müssen einen Mörder finden. Außerdem kommt morgen der Technikwagen von meinem Chef."

„Herrgott, jeder will immer, dass ich arbeite!"

„Dafür bist Du Polizeipräsident. Und der Süßeste, den ich kenne."

Noch nie hatte ihn jemand süß genannt. Sperrig, ja. Übellaunig, öfters. Süß?

„Ich hab noch ein Problem. Ich muss es Aris sagen", meinte Pandis später.

Beide lagen auf den Sonnenstühlen auf dem Balkon.

„Das wird doch kein Problem, oder? Ich mag ihn jedenfalls...", sagte Angelos.

„Und er dich. Aber das ist nicht das eigentliche Problem. Er ist sehr religiös und das wird schwierig für ihn."

Pandis graute irgendwie.

„Willst Du alleine hin?", fragte Angelos.

„Gute Frage. Ich weiß es nicht."

Und tatsächlich rang Pandis mit sich.

Er wollte aber Aris´ wahre Reaktion sehen, nicht die höfliche, wenn Angelos dabei war.

„Ich muss alleine hin."

11

Pandis fuhr von Kalafati in die Stadt. Oder besser: er schwebte. Zum ersten Mal seit seiner Scheidung sang er.
Als er in Aris´ Hof einbog, wusste er nicht, wie er dort hingekommen war.
Aris saß in seinem Büro vor dem Bildschirm und hatte die Brille auf.
Aha, er macht seine berühmte Buchhaltung. Die, bei der er zu einem der ärmsten Autovermieter der Ägäis wird. Und das auf Mykonos. Eine Steuerfahndung gab es in Griechenland bis zur Eurokrise fast nicht. Und die wenigen Beamten, die es gab, wurden politisch ausgebremst. Und da das Ganze – unabhängig vom System oder der jeweils regierenden Partei - seit über 60 Jahren so bestand, musste es zwangsläufig irgendwann zum Bankrott kommen.

„Jassas, Du lässt wieder Autos verschwinden?", fragte Pandis lachend.
„Paul, schön Dich zu sehen. Was machen die beiden Leichen?"
„Die interessieren mich heute nicht."
Aris drehte sich auf seinem Stuhl.

„Der Polizeipräsident interessiert sich nicht für Leichen? Das ist so, als würde ich mich nicht für Autos interessieren."

Paul druckste herum.

„Mein Freund, was ist mit Dir?"

Pandis nahm allen Mut zusammen.

„Aris, ich alter Trottel habe mich verliebt."

Paul beschloss, es scheibchenweise zu servieren.

Aris drehte den Stuhl wieder zurück, schaute auf den Bildschirm und sagte: „Darf ich raten?"

Pandis schüttelte den Kopf. „DAS errätst Du nie!"

„Lass es mich trotzdem versuchen!"

Und nach fünf Sekunden kam: „Angelos."

Pandis war wie vom Donner gerührt.

„Wie? Woher ...", stammelte er.

Aris lächelte.

„Ach Paul, ich bin zwar alt, aber nicht dumm. Ich kenne Dich jetzt seit Jahren. Du warst immer unglücklich. Man konnte es Dir ansehen, ohne dass Du es aussprechen musstest. Du hast jeden Tag betont, dass Du 25 Jahre mit der Ehe verschwendet hast..."

Aris lächelte plötzlich.

„.. und Du warst zu Angelos eine Spur zu freundlich!"

Pandis lachte.

„Angelos hat das Gleiche gesagt."

Aber es war noch nicht vorüber.

„Aris, bitte sag´ mir, dass Du damit kein Problem hast.

Ich weiß, Du bist religiös und …"

„Paul, ich lebe auf Mykonos. Seit 40 Jahren sehe ich jeden Tag, dass Männer auch mit Männern glücklich werden können.

Manche meiner schwulen Kunden gehen miteinander so um, wie ich es mir in meiner Ehe nie hätte erträumen können. Und wir sind alle Gottes Schöpfung, egal, was die Kirche sagt. Also: nein, ich habe absolut kein Problem damit!"

Pandis fiel ein Stein vom Herzen.

„Und außerdem mochte ich Angelos vom ersten Moment an."

Aris machte eine kleine Pause.

„Aber, Paul, denk an ihn. Er ist wie alt - 25? ok, 28, er ist 25 Jahre jünger. In dem Alter will man noch etwas erleben. Man will nach New York, nach Miami oder sonst wo hin. Das alles kennst Du aber schon. Gut, er ist gescheit und hat sich bestimmt seine Gedanken gemacht.

Er ist dafür ausgebildet, rational zu denken, sonst wäre er nicht dort, wo er ist. Dennoch … Denk an ihn!"

Paul sackte in sich zusammen.
Es war nichts Neues, was Aris ihm sagte, aber seine eigenen Gedanken bestätigt zu bekommen, kann grausam sein.

„Liebst Du ihn wirklich?", fragte Aris vorsichtig.
„Was soll es sonst sein? Ich hab seit zwei Tagen nur Gänsehaut und fühle mich wie auf einem fliegenden Teppich."
Pandis´ Handy brummte. SMS.
Angelos.
WIE LÄUFT ES?
Gute Frage.
OHNE PROBLEME!

HAB ICH DOCH GESAGT. GRÜSS IHN.
KOMM BALD HEIM. A

Hat er „heim" geschrieben? Wieder bekam Pandis eine Gänsehaut.

„Ich habe so viele Jahre verschwendet. Du hast mit allem recht! Aber ich gebe nicht nach zwei Tagen etwas auf, auf das ich mein Leben lang gewartet habe. Selbst wenn ich in drei Monaten hier sitze und Rotz und Wasser heule!"

Aris lächelte.

„Was die Liebe alles vermag. Aus dem trägen Herrn Kommissar wird ein Mann von Tatkraft und Entschlossenheit!"
Pandis hatte Hummeln im Hintern. Er musste unbedingt nach Hause. Dabei waren sie gerade mal eine Stunde getrennt.
Liebe ist, wenn man sich nach dem Sex nicht wünscht, dass der andere geht.
Und hofft, dass der andere noch da ist, wenn man nach Hause kommt.

„Gib Angelos einen Kuss von mir. Aber er soll ihn mir bitte nicht zurückgeben!
Nicht, dass ich noch mit euch auf den Christopher-Street-Day nach Athen muss."

12

Als Pandis sichtlich erleichtert wieder in Kalafati eintraf, war Angelos im Wohnzimmer. In Jeans und mit nacktem Oberkörper – und mit Kopfhörer, fröhlich singend. Trotz Headphone konnte man deutlich hören, was er hörte und mitsang – oder besser mitschrie:

Halleluja. Milk & Honey. Eurovision. 1979? Doch ein Klischee, das passte. Jeder Schwule ist Eurovisionsfan. Oder ESC, wie es heute heißt.

Wobei das nicht ganz stimmte. Auch Pandis hatte seit seiner Kindheit keinen ESC verpasst. Selbst in seinen Flitterwochen hatte er seine Braut am ESC-Abend aus dem Zimmer geworfen.

Angelos hatte ihn gesehen, kurz geküsst und dann weitergesungen.

Was Pandis erstaunte: er sang „Halleluja" im Original. Auf Hebräisch.

Nicht dass Pandis Hebräisch verstand, aber es klang richtig.

Angelos nahm den Kopfhörer ab.

„Hallo, mein Kommissar!"

Gott sei Dank sagt er nicht „Süßer" zu mir.

„Sag mal, Du kannst Hebräisch? Praktikum beim Mossad?", fragte Pandis lächelnd.

„Fragen nach meiner Arbeit beantworte ich nicht, aber wenn der Herr Kommissar schon fragt, ja. Ich hatte meine Scharfschützen-Ausbildung in Israel. Die haben einfach die größte praktische Erfahrung."

„Im Einsatz gewesen dort?"

Die Frage war Pandis herausgerutscht.

„Sorry, vergiss´ es."

Angelos lächelte.

„Ja, aber mehr gibt´s nicht, sonst bekomme ich Ärger mit Nikos und werde Hilfspolizist auf Mykonos!"

Pandis lachte.

„Also ich hätte nichts dagegen."

„Und was würde ich verdienen?"

„685 Euro".

Angelos lachte lauthals.

„Im Ernst? Was glauben die Politiker eigentlich?"

„Lassen wir das. Angelos, wir müssen uns morgen um den Fall kümmern. Es tut mir leid, dass ich nicht mit in irgendwelche Beachclubs kann, aber …

Und da wurde Angelos zum ersten Male ärgerlich.

„Glaubst Du, dass ich, nachdem ich gerade mal zwei Tage bei Dir bin, Lust auf irgendwelche blöde Techno-Partys habe? Danke."

Oh Pandis, du Idiot.

„Ich bin hier wegen Dir. Nur Dir. Begreif´ und glaub es endlich!"

„Die wievielte Entschuldigung meinerseits ist das heute?", fragte Pandis etwas kleinlaut.

„Es hält sich noch im Rahmen", Angelos lächelte wieder.

13

„Lass uns essen gehen heute Abend!",
schlug Pandis vor.
„Gern. Wohin?"
Pandis dacht an das „Leto´s", Mykonos´
bestes Restaurant. Astronomische Preise,
aber sparen kann man zu anderen Zeiten,
nicht, wenn man verliebt ist.
„Im ‚Leto´s' kocht der ehemalige Leibkoch
von Gaddafi. Der verkocht bestimmt
nichts!"
Angelos lachte.
„Hoffentlich hab ich noch nicht auf ihn
geschossen!"
Pandis grinste.

Das „Leto´s" liegt am nördlichen Ende der
Uferpromenade. Man sitzt im Freien und
dennoch ist es still, denn das Areal ist von
einer hohen Steinmauer umgeben.
Und sehr exklusiv.

„Hui", meinte Angelos beim Blick auf die
Speisekarte.
„Zur Feier des Tages – oder besser: der
Woche!"
Angelos lächelte das bezauberndste
Lächeln der Welt.

„Darf ich Dich etwas Berufliches fragen,
Angelos?"
„Nur zu. Es kann aber passieren, dass ich
‚top secret' sage."
Paul nickte. „Schon klar."
„Wo warst Du bisher beruflich im Einsatz?"
Angelos zögerte.
„Eigentlich dürfte ich das nicht sagen, aber
einem Kommissar kann ich wohl trauen."
„Auf jeden Fall!"
„Mein erster Einsatz war im Irak, dann in
Afghanistan, in Libyen und in Syrien."
Pandis wurde bleich.
„Um Gottes Willen. Also praktisch überall
dort, wo man nur selten überlebt. Das
beruhigt mich ja ungemein."
Angelos lachte.
„Mykonos ist manchmal genauso
gefährlich. Geschossen hat man auf mich
hier auch."
Die Morgenrötler.
„War´s manchmal eng?"
Angelos schaute plötzlich ernst.
Am Knappsten war es in Libyen. Als
Gaddafi in den letzten Zügen lag. Wir
sollten die amerikanische Botschaft
schützen. Was uns leider nicht gelang, der
Botschafter starb und noch drei andere.
Einen der Täter hab ich erwischt, aber wir

waren nur zu zweit. Mein Freund starb. Und ich habe mich zwei Tage in einer Latrine versteckt. Gott, da hast du echt Probleme zu überleben."

„Wegen des Ammoniaks. Kann ich mir vorstellen", sagte Pandis leise.

„Aber die Amerikaner kamen dann und haben mich rausgeholt. Ich habe gefühlt einen ganzen Tag geduscht, damit ich den Gestank loswerde!"

Angelos lachte.

„Deswegen meinte ich vorhin, hoffentlich erkennt mich der libysche Koch nicht!"

Pandis zögerte mit der nächsten Frage. Sie war ihm wichtig.

„Und Dir gefällt das? Die gefährlichen Einsätze?"

Angelos wurde ernst.

„Es ist mein Beruf. Und den kann man nicht ein bisschen machen. Entweder ganz oder gar nicht. Aber ich könnte nichts anderes machen."

Er lachte.

„Wozu sollte man sonst einen Scharfschützen brauchen?"

„Bei der Polizei?", warf Pandis ein.

„Für 685 Euro? Nein, danke!"

Da hatte Angelos recht.

Sein Leben riskieren für einen Betrag, der nicht zum Leben reicht.

Pandis war still geworden.

„Was ist mit Dir?"

„Das bedeutet, dass Du manchmal Wochen nicht da bist und ich nie weiß, ob Du noch lebst!"

Bei dem Gedanken wurde Pandis ganz schlecht.

Angelos sagte zunächst nichts.

„Ja, so ist es. Aber ich habe immer ein Satellitentelefon bei mir und kann mich von überall melden. Ich kann Dir nur nicht sagen, woher ich anrufe."

Pandis seufzte.

„Das wird nicht leicht. Ich darf gar nicht dran denken!"

Angelos aber lächelte.

„Aber jetzt habe ich einen Grund, wieder zurückzukommen. Bisher hatte ich den nicht."

Da kamen dem Kommissar die Tränen.

Pandis, hör auf! Du bist keine Heulsuse.

„Aber an ein leeres Bett bin ich nicht mehr gewöhnt", knurrte Pandis.

„Bisher war es doch auch leer!"

Angelos schmunzelte.

Er wollte es hören.

„Ja schon, das war in der dunklen Zeit. Und die ist hoffentlich vorbei."

Es kam die erwartete Frage.

„Soll das heißen, bisher war es in deinem Leben dunkel und mit mir kam das Licht?"

Angelos legte den Kopf schräg und grinste breit.

„Wenn Du mich jetzt noch einmal zum Weinen bringst, erschlage ich Dich!"

Angelos lachte.

„Da ist er wieder. Der ältere Griesgram, in den ich mich verliebt habe."

„Der ältere Griesgram wird Dir gleich ..."

Weiter kam Pandis nicht, denn Angelos drückte ihm einen Kuss auf den Mund.

Was zum Teufel war los mit ihm?

Blöde Frage. Er war verliebt.

Und das über vier Ohren – nicht nur zwei!

Kontrolle? Fehlanzeige. Komplette Hingabe.

Es gab an Angelos nichts, aber auch gar nichts, was Pandis störte.

Er war einfach nur glücklich.

14

Seit seiner Scheidung war es jeden Morgen dasselbe: er wachte auf, stand jeden Tag neben sich und kam nur mithilfe von drei Espressi in die Gänge.
Die Stimmung schwankte zwischen Apathie und Sturm.
Er schob es aufs Alter, schließlich war er 53.
Doch als er neben Angelos erwachte, wusste er, es war schlicht der Mangel an Zuwendung und Liebe, gepaart mit der daraus folgenden Einsamkeit.
Auch wenn es einmal auseinandergeht, werde ich Dir dafür immer dankbar sein.
Mit ungewohnter Energie stand Pandis auf und ging in die Küche. Als der Kaffeeduft durch die Zimmer drang, rührte sich auch Angelos.
Himmel, er sieht selbst verschlafen unfassbar gut aus. Die Frage, was er an ihm findet, blendete er aus – auf Befehl Angelos´.
„Morgen, Herr Kommissar. Wie wäre es mit einer Runde?"
„Joggen? ICH?"

Ich bin seit Jahren nicht schneller gelaufen als Schrittgeschwindigkeit. Ich weiß nicht mal, wo ich meine Sportschuhe habe. Und wenn, sind die bestimmt voller Spinnweben. Aber Pandis hörte sich sagen: „Klar."

Das sollte er bereuen. Er dachte, Angelos sprach von einem Strandlauf. Hätte er geahnt, dass der Weg hinauf nach Kalo Livadi führen würde, er wäre zuhause geblieben.

So stand Pandis in der Kurve oberhalb von Kalafati und versuchte, seine Lungen davon zu überzeugen, nicht letal die Segel zu streichen.

Gut, das können wir also nicht zusammen machen. Punkt 1. Hoffentlich werden es nicht viel mehr.

Angelos kam nach dreißig Minuten zurück und das ohne große Schweißflecken. Pandis beruhigte sich: 25 Jahre Unterschied eben.

„Entschuldige bitte, Paul. Das war meine Schuld. Ich möchte nicht, dass Du Dinge machst, die Du nicht willst. Lass uns das gleich klarstellen. Sag offen, wenn Du etwas nicht willst. Ich kann einiges vertragen."

Da hatte Angelos wieder einmal recht.

„Ich gehe noch duschen. Dann können wir los. Ich muss den Technik-Wagen am Hafen

abholen. Also duschen. Kommst Du mit?"
Angelos lächelte.
Kommissar Pandis ließ sich nicht zwei Mal
bitten.

15

Nachdem Angelos seinen Wagen geholt
hatte, fuhren die beiden zum Tatort.
Besser gesagt zur Tochter des einen Opfers,
Maria Lamprou.
Nachdem das Haupthaus abgebrannt war,
lebte sie nun im kleinen Nebenhaus,
flächenmäßig eher ein Werkzeugschuppen.
„Leider kann ich Ihnen keinen Kaffee
anbieten. Ich habe noch keine Heizplatte.
Auf der ganzen Insel gibt es keine. Ich muss
sie mir aus Athen schicken lassen."
„Wenn Sie sie noch nicht bestellt haben, ich
habe eine im Keller. Wir könnten sie dann
vorbeibringen."
„Das wäre furchtbar nett. Ich kann nicht
jeden Tag Essen gehen."
„Aus Dir wird noch ein richtig freundlicher
Mensch", flüsterte ihm Angelos ins Ohr.
„Maria, sagen Sie mir zunächst, wo Sie am
Abend des Brandes waren."
„Ich war in Ano Mera bei einer Freundin. Bis
die Feuerwehr vorbeifuhr und nach Lia
abbog. Da wusste ich schon, dass es unser
Haus war. Besser gesagt, ich habe es
geahnt. So viele Häuser gibt es in Lia ja
nicht."

„Sagen Sie uns doch, wie das Verhältnis zu Ihrem Nachbar war", fragte Angelos.

„Das ist Herr ... – Himmel, er hatte Angelos Nachnamen vergessen. Pandis hatte ihn „Angelos 2" getauft, anlässlich des „Morgenröte-Falls".

„Markaris. Ich bin sein neuer Mitarbeiter", half ihm Angelos aus.

Pandis musste grinsen.

„Verhältnis? Das war Krieg. Vom ersten Tag an. Als Milas zu bauen begann, ging es los. Vater hat sich furchtbar aufgeregt, weil er die Aussicht aufs Meer verbaut hat."

„Warum denn? Das ist doch kein Hotel hier?"

„Nein, aber die Familie hatte seit sechs Generationen freien Blick aufs Meer. Schlimmer war aber die Geschichte mit dem Wasser. Der Pegel in unserem Brunnen sank wegen der Bauarbeiten, sagte mein Vater."

Das war auf Mykonos tatsächlich ein triftiger Grund für veritablen Ärger.

Wasser war zwar nicht wertvoller als Gold, aber so knapp, dass es für Viehhalter wie Lamprou existenzbedrohend war, wenn der Brunnen nicht mehr genug hergab.

Aber deswegen Streit, der mit Mord endet?

„Jedenfalls haben sie sich über jeden Quadratmeter gestritten. Ein Streit ohne Ende, denn es gab ja kein Liegenschaftsamt!"
Eine griechische Spezialität. Kein Liegenschaftsamt, keine Grund- oder Grunderwerbssteuer. Wovon natürlich die Reichen profitierten und die wiesen die Politiker darauf hin, dass es für sie lukrativer wäre, kein Gesetz zu erlassen.
Und oh Wunder, keine Regierung – nicht mal die sozialistische – hatte sich je an dieses heiße Eisen gewagt.

„Blieben die Streitigkeiten nur verbal, oder gab es Handgreiflichkeiten?", fragte Pandis.
„Das ist eine Untertreibung. Mein Vater schoss zwei Mal mit der Schrotflinte auf Milas. Aber er war ein miserabler Schütze. Milas hat ihn nur ausgelacht."
„Wann haben Sie Ihren Vater an dem Abend zuletzt gesehen?"
„Gegen sechs. Danach war ich bei meiner Freundin."
„Danke, Maria. Sobald die Leiche freigegeben ist, bringe ich Ihnen den Eimer vorbei", sagte Pandis.
Maria starrte ihn fassungslos an.

„Eimer?"

„Oh Gott, ich wollte Urne sagen. Entschuldigen Sie bitte. Jassas!" – und rannte raus!

Als Paul und Angelos zurück im Auto waren, prustete Angelos los.

„Huhaha. Eimer. Das war das Taktloseste, was ich je gehört habe."

Pandis war noch immer entsetzt über seinen Blackout.

„Da siehst Du mal, wie durcheinander Du mich machst."

Angelos grinste breit.

„Hoffentlich bleibt das so. Dann wird es richtig unterhaltsam. Papa im Eimer, ich schrei mich weg!"

16

Auf dem Plan stand nun der andere Nachbar, Milas.

Doch da brummte das Handy.

„Katsakis. Sag mal, bist Du irgendwann mal an dem Ort, den man Büro nennt? Oder gibt´s bei der Polizei Mykonos neuerdings Homeoffice?"

„Ich habe ab und zu auch mal ein Privatleben", schnaubte Pandis zurück.

„DUUUU? Ich dachte, das hätte sich spätestens mit dem Tod Deiner Ex erledigt."

Wow. Das war noch schlimmer als der Papa im Eimer.

Angelos schüttelte den Kopf. Recht hat er, es lohnt sich nicht.

„Zur Sache, Katsakis, bevor ich zurück in mein Home-Office gehe."

„Diesmal dauert es etwas länger, ist aber spannender. Nachdem Deine Mitarbeiter Arme und Beine vertauscht hatten, musste ich erstmal sortieren. Denn dass ein Fuß 20 zwanzig Zentimeter kürzer als der andere ist, erschien mir unglaubwürdig. Auch wenn die Leiche geschrumpft ist, passiert dies nicht auf einer Seite."

„Du hast also das Körperpuzzle gelöst. Bravo. Könnten wir jetzt zum Wesentlichen kommen? Sonst fahre ich ins Home-Office!"

„Gemach, gemach. Oder wartet eine heiße Blondine auf Dich?"

Katsakis lachte und Angelos hielt sich den Mund zu, sonst hätte er sein Lachen nicht mehr unterdrücken können.

„Na gut. Aber ich muss Dir schon die Besonderheiten erklären, denn in Deinem Bericht sollte kein Fehler sein.

Bei einem verbrannten Körper bleibt nicht viel übrig, wenn das Feuer über 1200 Grad hat und das über 30 Minuten. Dazu war der Brand aber zu klein. Auch wenn Ihr es – eine Weltpremiere – geschafft habt, die Leichen noch einmal abzufackeln, Kompliment, blieb in den Organen doch noch etwas zum Obduzieren. Und durch die Zahnschemata konnte ich sie nun zuordnen.

Der Junge, wie hieß er gleich?"

„Pavlos", sagte Angelos.

„Wer sitzt da mit Dir im Auto?"

„Mein Assistent"

„Giorgos? Sag ihm einen schönen Gruß, ich war wohl etwas grob. Jedenfalls hatte der Junge einen Kopfschuss. Ich würde sagen aufgesetzt, auf alle Fälle von hinten. Das

Schlimme aber ist, dass er wahrscheinlich nicht daran gestorben ist."

Angelos hielt den Atem an.

„Wie kann man einen Kopfschuss überleben?"

„Pandis, glaub mir, man kann! Wenn man ihn zu weit rechts platziert. Das passiert, wenn es ein miserabler oder ungeübter Schütze ist. So wie Du!"

Arschloch.

„Ich fand Spuren von Scopolamin, besser bekannt als Ko-Tropfen."

„Du meinst, man hat ihn zuerst betäubt und ihm dann einen Kopfschuss verpasst?", fragte Pandis ungläubig.

„Das heißt, er lebte noch, als das Feuer ausbrach?"

„Das vermute ich, aber meine Intuition sagt mir, dass der Täter das Feuer gelegt hat..."

„...um die Leiche zu beseitigen!", ergänzte Pandis.

„Und der andere, der Name ist mir jetzt entfallen, der Alte halt. Da war es schon etwas schwieriger. Und in aller Bescheidenheit, viele hätten es nicht entdeckt."

„WAS, KATSAKIS, WAS?"

„Er wurde mit Nikotin vergiftet!"

Nikotin.

War er Raucher?

„Nicht mit dem Nikotin aus Zigaretten. Da hätte er über ein Jahr 523 Zigaretten pro Tag rauchen müssen. Das wäre selbst für mich früher schwer gewesen."

Stimmt. Katsakis war Terror-Raucher und es gab wohl keine Leiche, in der nicht mindestens fünf Kippen zu finden waren, weil der Pathologe die Bauchhöhle als Aschenbecher ansah.

„Flüssiges Nikotin. wie man es zum Beispiel bei Rosenstöcken verwendet, um Schädlinge zu töten. Im Falle des Alten muss man das Gift über einen langen Zeitraum verabreicht haben, immer in kleinen Dosen. Es lagert sich dann teilweise in die Organe ein – und die Blutbahn -, bis die kritische Grenze erreicht ist.
Ich hoffe, Du bist zufrieden!"

„Was würden Pathologen ohne Agatha-Christie-Romane machen?", feixte Pandis, der sich dunkel an einen der Romane erinnerte.

„Pandis, Du bist wirklich das letzte!"

„Danke. Große Hoffnung, dass es nur Zufallsopfer waren, hatte ich eh nicht.

Obwohl ich nicht verstehe, warum das eine Opfer langsam vergiftet wird und das andere mit Ko-Tropfen außer Gefecht gesetzt wird, dann einen Kopfschuss bekommt und schließlich verbrennt."

„Das Rätsel musst schon Du lösen. Du bist der Polizeipräsident, nicht ich. Bis demnächst!"

„Das ist ja grauenhaft", sagte Angelos.

„Ich sehe ja wirklich furchtbare Dinge, aber wie kann man so etwas einem Menschen antun?"

17

Ganz wohl war Pavlos nicht. Immerhin war er noch mit Angelos zusammen. Zumindest theoretisch. Sicher, Angelos war im Grunde genommen DER Traummann. Top-Körper, gutaussehend und nett.
Aber ich bin und bleibe eine Schlampe, dachte Pavlos.
Vielleicht ist das typisch für Barkeeper.
Die andauernde Versuchung.
Gerade im Tropicana, dem angesehensten Beach-Club der Insel. Die schönsten Männer Europas, die jeden Abend an dir vorbeidefilieren. Die meisten davon gay.
Wie soll man da treu bleiben?
Als er Milas zum ersten Mal sah, hätte er nie gedacht, dass er mit ihm ein Verhältnis haben würde. Dann stellte sich heraus, dass dieser ein richtiger Milliardär war. Nicht Millionär – das fiel heutzutage unter Mittelschicht.
Und Milas überschüttete ihn mit Geschenken. Ein Leben im Luxus, wie es sich Pavlos immer gewünscht hatte.
Er stammte aus einer eher armen Familie. Da ist man anfälliger für Luxus als Kinder einer gutsituierten Familie.
Er fuhr in den Hof der Villa in Lia.

Ein richtiger Palast mit Säulen.

Milas freute sich.

„Pavlos, komm rein!"

Er war bisher nicht bei Milas zuhause.

Wow. Das war Luxus pur.

Ein bisschen viel Gold, ein bisschen kitschig, aber sicher teuer.

„Komm, lass Dir das Haus zeigen!"

Voller Stolz führte ihn Milas durch das Haus und dann auf die Terrasse. Der Ausblick war UNGLAUBLICH.

Pavlos war sich sicher, dass Milas selber aus kleinen Verhältnissen stammte. Nur das würde die kindliche Freude erklären, mit der er sein Haus regelrecht präsentierte.

„Das ist wirklich überwältigend", sagte Pavlos.

„Fühl Dich wie zuhause!"

Milas war geil auf ihn. Das konnte man unschwer erkennen. Ihm lief fast der Speichel aus dem Mund.

Gute Voraussetzung für ein paar luxuriöse Wochen, in denen er, Pavlos, alles mitnehmen würde, was er bekam.

Dann würde Milas sich einen neuen Jüngling angeln. Das war Pavlos schon klar.

„Und was ist da hinten?", fragte er und deutete auf einen Gang.

„Die Toiletten, mein Arbeitszimmer und der Überwachungsraum. Beides sind absolute Tabu-Zimmer."

Milas hatte ein regelrechtes Candlelight-Dinner auffahren lassen. Nicht übel, dachte Pavlos.

Eine Stunde später musste Pavlos sich erleichtern. Nachdem er sein Geschäft verrichtet hatte, kam er an der Tür des Arbeitszimmers vorbei.
Er konnte es nicht lassen. Immer dann, wenn etwas verboten war, wurde es interessant.
Er öffnete die Türe.
Und staunte nicht schlecht.
Ein Riesen-Tresor und an der Wand eine große Karte. Das war Mykonos, aber nur ein Teil. Dann erkannte Pavlos, dass die Karte nur Lia und Umgebung zeigte.
Das Haus von Milas samt Grundstück war grün schraffiert, daneben noch zwei weitere Flächen, die rot markiert waren.
Hinzu kamen drei Fähnchen, die im Meer steckten.
Was soll das sein?
Als Pavlos sich umdrehte, stand Milas hinter ihm.

„WAS MACHST DU HIER? Ich habe ausdrücklich gesagt, dieses Zimmer ist tabu!"

Pavlos erschrak angesichts der Heftigkeit von Milas´ Ausbruch.

„Ich war auf der Toilette und wusste dann nicht, wohin. Ich bin doch das erste Mal hier."

Milas schien besänftigt.

„Komm, wir gehen wieder in die Lounge." Milas ging zur Bar.

„Ein Jack-Daniel´s? Kein gewöhnlicher. 40 Jahre alt!"

„Gerne." Pavlos war noch immer ganz irritiert. Was hatte Milas so aufgebracht? Pavlos trank das Glas auf einen Zug aus. Er setzte sich zu Milas auf die Couch. Oder besser: Couch-Landschaft.

Ich sollte ihn in gute Stimmung versetzen, dachte Pavlos und begann, Milas´ Oberkörper zu streicheln.

Das gefällt ihm bestimmt und besänftigt ihn. Pavlos wollte unter keinen Umständen seinen Geldgeber verärgern.

Als er die Hose öffnen wollte, verschwamm sein Blick. Ihm wurde schwindlig und er fiel rücklings vom Sofa. Knallte mit dem Hinterkopf auf den Glastisch.

Neugieriges Flittchen.

Das hast Du nun davon. Du hättest ein paar schöne Wochen haben können.

Stattdessen ...

Milas zog den Bewusstlosen durch die Lounge. Er musste in den Keller.

Aber die Villa hatte keinen Aufzug. Den hatte man schlicht vergessen. Treppen reichen in der Regel auch aus, außer man muss einen leblosen Körper in den Keller schaffen.

Milas zog Pavlos´ Körper an den Füßen über die Treppe hinunter. Bei jeder Treppe schlug der Kopf hart auf die Stufe.

Aber das würde Pavlos nichts mehr ausmachen. Er zog den Körper in den Waschraum, indem er zuvor noch nie war. Was sollte er auch hier? Dafür hat man sein Personal.

Er legte den Körper über den Abfluss.

Schade, aber Milas konnte keine Mitwisser gebrauchen. Und wenn ein Berufsstand geschwätzig war, dann der des Barkeepers.

Er zog seine Waffe und schoss dem Bewusstlosen in den Kopf.

Das Blut würde abfließen.

Und dann könnte er sich der zweiten Sache annehmen.

18

„Jassas, Herr Milas. Polizei Mykonos. Wir hätten einige Fragen an Sie!"

Eiskalte Augen.

„Kommen Sie rein. Aber ich kann Ihnen überhaupt nichts sagen. Ich war gar nicht hier."

„Aha. Und wo waren Sie?"

„Auf Zypern. Ich bin erst am Morgen zurückgekommen. So gegen 11.00 Uhr. Es hat noch gequalmt. Und dann später noch einmal."

„Sie wissen, dass es zwei Tote gab!"

„Ja, tragisch."

Aber seine Augen sagten etwas anderes, dachte Angelos.

„Der eine Tote war Pavlos Liadelis. Sagt Ihnen der Name etwas?"

Pavlos sah Angelos an und der verstand sofort. Er ging in der Lounge umher.

„Nie gehört. Der zweite war wohl mein Nachbar. Große Trauer empfinde ich nicht. Der Mann hat mir vom ersten Tag an nur Ärger gemacht. Und seine Tochter war fast noch schlimmer."

Im Eingang stand ein kleiner Koffer.

„Sie verreisen?"

„Wenn Sie nichts dagegen haben, Herr Kommissar?"

Und ob ich was dagegen habe.

„Nein. Sie kommen ja wieder zurück. Wohin geht es denn?"

„Es geht Sie zwar nichts an, aber nach Larnaca."

Also wieder nach Zypern.

„Wir sprechen uns dann hinterher noch einmal."

Im Auto sahen sich Pandis und Angelos an.

„Der ist erstens kein Grieche und zweitens wurde der Hochflorteppich erst vor kurzem gereinigt, aber nur an einer Stelle."

Pandis starrte Angelos an.

„Ich bin nun mal beim Geheimdienst. Also eine Art besserer Polizist."

Angelos zeigte sein breitestes Lächeln.

Die drei saßen in Ornos beim Essen. Ein Dienstags-Ritual, bei dem Angelos nun mit dabei war.

Pandis hatte sicherheitshalber Aris angerufen, ob ihm das recht sei.

Aris reagierte unwirsch: „Was soll diese Frage. Natürlich kann, nein, er soll mit! Manchmal glaube ich, Du bist derjenige, der am meisten Probleme damit hat!"

Vielleicht stimmte das ja. Richtig negative Reaktionen gab es bisher keine.

Wie auch. Man musste Angelos einfach mögen. Und Aris hatte sofort bemerkt, was los war. Lange, bevor er, Pandis, es wusste.

Die beiden begrüßten sich mit Küsschen auf die Wange. Und Aris bemühte sich, alles möglichst normal zu halten.

„Aber diese Dienstage musst Du ertragen, Angelos!"

„Wenn mir nichts Schlimmeres droht!"

„Dir nicht. Aber der Bürgermeister lästert. Natürlich hinter Deinem Rücken, Paul. Also mach Dich auf blöde Kommentare gefasst."

„Weißt Du, was der mich kann?"

Aris lachte.

„Ja. Aber halt Dich etwas zurück. In eurem Interesse. Kontra geben, ja. Ausflippen, nein!"

„Ob das Paul gelingen wird?", fragte Angelos.

Und beide, Aris und Angelos, sagten gleichzeitig: „Wohl kaum", und lachten los.

„Haha. Gott sei Dank liebe ich euch beide!"

„Was macht eigentlich Dein Doppelmord?"

„Sehr weit bin ich noch nicht. Ich habe es wohl etwas schleifen lassen."

„Dann solltest Du einen Zahn zulegen. Ihr seid doch zu zweit! Mit der ganzen Technik! Da muss sich doch etwas herausfinden lassen", sagte Aris.

„Wir haben heute Morgen Milas vernommen", sagte Pandis.

„Fünf Tage nach dem Mord hast Du ihn vernommen. Ein bisschen spät, oder?"

Pandis zögerte. „Ich hatte Wichtigeres zu tun."

Aris lachte.

„Das glaube ich Dir gerne!"

Da ging Angelos dazwischen.

„Ganz so stimmt das nicht."

Dafür liebe ich ihn. Er redet niemandem nach dem Mund. Auch mir nicht.

Immer gerade heraus. Und trotzdem bedacht. Im Gegensatz zu mir, dachte Pandis.

„Zwei Dinge haben wir herausgefunden. Erstens ist er wohl kein Grieche, er spricht zwar vollkommen akzentfrei, aber die Einrichtung sagt etwas anderes.

Und zweitens stimmt etwas mit seinem Teppich nicht. Deswegen brechen wir dort heute Nacht ein!"

Was tun wir?

„Einbrechen? Bei Milas?"

„Bei wem sonst?", fragte Angelos zurück.

„Aber bitte ohne mich. Ich bin beim letzten Einbruch vor Angst fast gestorben", sagte Aris lachend.

Beim Ferrari-Fall.

„Paul, ich brauche eine Probe des Teppichs. Und Milas kommt erst morgen Nachmittag zurück. Security hat er keine und an der Überwachung kommen wir vorbei", sagte Angelos.

„Na, wenn Du das sagst. Ich hatte mir zwar für heute Nacht etwas anderes vorgenommen, aber bitte …"

Angelos lächelte.

„Wir bleiben ja nicht die ganze Nacht dort!"

„Himmel. Wenn mir jemand vor einem Jahr erzählt hätte, dass aus meinem trägen Kommissar ein Sexmonster wird…",
meinte Aris lachend.
„Ich muss immerhin 53 Jahre nachholen!"
Angelos grinste.
„Werde ich auch noch gefragt?"
„Nöö."

20

So richtig Stress gab es zwischen Angelos und Pandis nur einmal. Mit Sexverbot in der darauffolgenden Nacht. Da merkte Pandis erst, wie süchtig er geworden ist. Schade, dass seine Frau schon tot war. Schade, dass er ihr nicht mehr erzählen konnte, wie glücklich er mittlerweile war. Zu gern hätte er ihr Gesicht gesehen, wenn sie erfahren hätte, ihr Ex-Mann habe einen Liebhaber. Vielleicht war es pietätlos, aber erstens hatte ja nicht Pandis sie umgebracht und zweitens hatte sie ihm 25 Jahre zugesetzt. Der Spruch: „Übrigens, er kann viel besser blasen als du", hätte mindestens zehn Jahre aufgewogen.

Zurück zu jenem Abend.

An was kann sich zwischen Männern ein handfester Streit entwickeln?

Richtig: Fußball.

An was kann sich zwischen Griechen ein handfester Streit entwickeln? Wenn der Eine aus Athen, der Andere aus Piräus stammt. Pandis war überzeugter Piräuser und hatte für Athen nur Verachtung übrig. Piräus ist nun mal eine eigene Stadt (und um Gottes Willen kein Stadtteil von Athen), viel älter als die heutige Hauptstadt. „Ohne uns hättet

Ihr nichts zu beißen!", sagt man den Athenern gerne – wenn man aus Piräus kommt. Der Athener nimmt allein schon das Wort nicht in den Mund, sondern spricht nur von der Vorstadt.

Zu allem Übel kommt hinzu, dass die beiden großen Rivalen im Fußball, Olympiakos und Panathinaikos, gerade aus diesen Städten stammen. Zur Freude von Pandis ist Olympiakos Piräus der deutlich erfolgreichere Verein, wobei jeder Fußballkenner Griechenlands weiß, dass dies meist durch unberechtigte Foulelfmeter in der 98. Minute zustandekommt, gepaart mit zahlreichen roten Karten für die gegnerische Mannschaft. Wahrscheinlich gibt es nicht einmal in der untersten Klasse ein griechisches Fußballspiel ohne Bestechung und Gefälligkeiten. Zugegeben: in diesem Bereich trifft jedes Vorurteil über Griechenland zu.

An jenem Abend spielten eben jene beiden Mannschaften gegeneinander und dabei hört – im wahrsten Sinne des Wortes – jede Freundschaft und Liebe auf.

Ursprünglich aus Rhodos stammend, war Angelos zum Berufs-Athener geworden und Pandis war ohnehin Piräuser per Geburt.

Olympiakos gewann 2-1 durch ein klares Abseitstor in der 95. Minute. Mit nachfolgenden Tumulten – im Stadion und im Hause Pandis.

Angelos jedenfalls war stinksauer.

Als der Kommissar einen zarten Annäherungsversuch wagte, hörte er ein gemurmeltes „Finger weg" und so etwas wie „lauter Betrüger".

Das war es dann mit dieser Nacht.

Dann gibt es halt nur einen Einbruch – ohne Sex.

21

Pandis saß im Fond des schwarzen Kombis am Fuß der Straße, die den Hügel hinauf zu Milas´ Villa führte.

Angelos war vor einer halben Stunde mit dem Nachtsichtgerät nach oben gelaufen, um sicher zu gehen, dass auch wirklich niemand zuhause war.

Die Fahrertür ging auf.

„Niemand da. Nimm Dein Nachtsichtgerät, die Blaulichtlampe und eine der Pistolen!", sagte er.

Sie gingen zum Portal, an dessen rechtem Pfosten ein Zahlenfeld angebracht war. Angelos hatte das Tor in zehn Sekunden auf.

„Es lebe die moderne Technik und mein Lesegerät!"

„Aber sonderlich gesichert ist das Anwesen nicht. Da kenne ich andere auf der Insel. Reichtümer können in dem Haus nicht zu finden sein", sagte Pandis.

„Bestimmt nicht. Weder Geld, noch Kunstwerke. Sonst wäre hier Security und viel aufwändigere Technik!", flüsterte Angelos. „Aber danach suchen wir ja auch nicht!"

Auch die Haustüre war kein größeres Problem.

Im Schein der Taschenlampe ging Angelos durch die Lobby zur Couch. Mit der UV-Lampe fuhr er über den Teppich, der ihm beim ersten Besuch aufgefallen war.

„Siehst Du, Paul?" Die eine Stelle ist frisch gereinigt. Da werden wir nichts finden, aber hier! Er deutete auf zwei kleine Punkte auf dem Kitt der Fliesen.

„Gib mir das Röhrchen. Ich wette, das ist Blut!"

Angelos kratzte mit einem Spatel über den Kitt.

„Und jetzt schauen wir uns die anderen Räume an!"

In der Küche und im Bad war nichts auffällig. Dann kamen sie in das Schlafzimmer.

„Gott, ist das kitschig. Ich sage doch, das ist kein Grieche. Das sieht aus wie bei einem Russen oder Ukrainer."

Pandis nickte. Viel zu viel Gold, Schnörkel und Stuckdecken.

Dann stockte Angelos. Auf einem Beistelltisch stand ein Foto von Milas und Pavlos. Arm in Arm.

Ein „Oh, scheiße", rutschte Pandis heraus.

Angelos hatte zu kämpfen, fing sich aber wieder. Profi.

„Da haben wir also die Verbindung. Von wegen, der Name sagt ihm nichts."

Pandis legte Angelos die Hand auf die Schulter.

„Schon in Ordnung, Paul. Es ist vorbei. Aber wehe …"

Paul wusste, was Angelos sagen wollte.

„Niemals. Und das weißt Du auch."

Ja, Angelos wusste es.

Sie gingen weiter und nahmen sich den anderen Flügel vor. Nun standen sie vor einem verschlossenen Zimmer.

Nach kurzem Hantieren hatte Angelos auch diese Tür geöffnet.

Ein Safe. Mist. Und ein Laptop.

„Lass uns die Schränke durchsehen. Vielleicht hat er wirklich nur das Geld im Safe. Und dann kümmere ich mich mit meinem Bluetooth-Chip um das notebook", sagte Angelos.

Nach zehn Minuten – Schrank natürlich Fehlanzeige - sagte er:

„Schau her, eine Karte."

Er zoomte sie hoch. Es war die Karte, die Pavlos zum Verhängnis geworden war.

„Das hier ist sein Anwesen, das daneben gehörte Lamprou. Und rechts davon ist eine

dritte Fläche. Weißt Du, wem die gehört?",
fragte Angelos Pandis.

„Keine Ahnung, aber das wird nicht
schwierig. Kopieren wir noch die anderen
Dokumente!"

„Und worauf?", fragte Angelos.

„Auf einem USB-Stick", sagte Pandis und
zog einen aus der Tasche.

Angelos lachte.

„Mein Kommissar wird noch zum High-Tech-
Fahnder!"

„Wie wär´s mit einer Belohnung für so viel
Scharfsinn?", erwiderte Pandis.

Und Angelos musste laut lachen.

„Wir sind bestimmt die lautesten Einbrecher
der Welt!"

22

Es war morgens um 11.00 Uhr, als die Herren Einbrecher in Kalafati auf dem Balkon saßen. Um diese Zeit betrug der Altersunterschied zwischen beiden locker fünfzig Jahre. Angelos frisch und fröhlich. Pandis hingegen kämpfte mit seinem Kreislauf.

„Guten Morgen, heute siehst Du aber besonders alt aus", sagte Angelos.

„Danke für die Blumen", brummte Pandis. Angelos lachte.

„Darf ich ein Foto machen?"

„Nicht, wenn Du noch ein bisschen leben möchtest!"

„Wenn ich Dich mit etwas Dienstlichem belasten darf, sagst Du es", flüsterte Angelos.

„Schieß los. Aber keine Schachtelsätze. Dafür ist es zu früh!"

Pandis stürzte seinen dritten Espresso hinunter.

„Die Probe ist unterwegs nach Athen. Das dritte Grundstück gehört einem Franzosen, der aber praktisch nie hier ist.

Und unser vermeintlicher Grieche ist in Wirklichkeit Ukrainer – sagt mein Büro. Bei der Gesichtserkennung gibt es keinen Zweifel. Er heißt in Wirklichkeit..."

„Wann um Gottes Willen hast Du das alles gemacht?", fragte Pandis erstaunt.

„Nach dem Joggen um sieben!"

Dabei waren sie erst um drei nach Hause gekommen.

„Woher hattest Du das Foto von Milas?"

„Na vom Flughafen. Er hat uns doch gesagt, dass er am Tag nach dem Brand morgens hier gelandet ist! Aber das war gelogen. Er steht zwar auf der Passagierliste. Seltsamerweise ist er auf den Bildern nicht zu sehen. Dafür aber auf den Aufnahmen vom Nachmittag vorher. 16.14 Uhr. Er kam mit der 15.50-Uhr-Maschine aus Athen. Aber auf der Liste steht er nicht. Da wurde wohl ein bisschen von außen korrigiert. Er war also zur Tatzeit hier und nicht auf Zypern!"

„Vielleicht sollte ich meinen Posten an Dich abtreten", knurrte Pandis.

„Vergiss´ es. Zu schlecht bezahlt!"

23

„Chef, der Bürgermeister will Sie sehen!",
sagte Giorgos. Als er dessen Vorzimmer
betrat, grinste ihn Maria, die Sekretärin,
breit an.
„Guten Morgen, Herr Polizeipräsident.
Meinen Glückwunsch!"
Der Insel-Buschfunk funktioniert also
reibungslos. Da wusste Pandis auch, warum
ihn der Bürgermeister einbestellte.

„Morgen, Pandis. Was hört man da von
Ihnen? Sie sind plötzlich schwul und leben
mit einem 28-jährigen zusammen?"
„Ich wusste nicht, dass in meiner
Stellenbeschreibung ‚heterosexuell' stand.
Und überhaupt geht das niemand etwas
an!"
„Und was ist das für einer? Ein Barkeeper?"
Das letzte Wort spie er regelrecht aus.
Pandis wurde laut.
„Nein, er ist beim Militär. Major."
Das ging zwar diesen Trottel nichts an, aber
er konnte es sich nicht verkneifen.
„Und wenn es ein Obdachloser wäre,
könnte es Ihnen auch egal sein! Da werben
wir mit ‚gay-friendly' und dann ist der
Bürgermeister selber homophob."

„Ich bin nicht homophob. Aber ich denke an die Einheimischen, die vielen Gläubigen. Ob die noch Vertrauen in die Polizei haben?"

„Sie meinen, die Menschen haben mehr Vertrauen in einen ‚normalen' Kommissar? Ich habe alle Mordfälle auf dieser Insel gelöst, die Stadt in den Besitz des ‚blauen Stiers' gebracht. Und wenn es ein paar Gläubige und Popen stört, dann sollen die für mein Seelenheil beten! Und nebenbei hat mein Partner einen akademischen Abschluss und verdient das Doppelte wie Sie. Und das zu Recht!"

Pandis stürmte hinaus.

Er hörte noch, wie der Bürgermeister sagte: „Ich erwarte Ihren Rücktritt!"

Er drehte sich um und sagte:

„Mit dem größten Vergnügen. Aber *der* Schuss geht nach hinten los!"

Pandis rauschte in sein Büro:

„Giorgos, bitte stell´ bei facebook folgende Meldung ein: ‚Der Bürgermeister der Stadt Mykonos hat den Polizeipräsidenten aufgefordert, zurückzutreten. Grund hierfür ist die Tatsache, dass der Polizeichef mit einem 28-jährigen Staatsbeamten zusammenlebt.'"

„Das Ganze bitte noch zusätzlich über den Presseverteiler."

Giorgos schaute ihn an, als wäre er Mork vom Ork.

„Äh, wie? Ich verstehe es nicht. Soll das heißen ...?"

„Ja, Giorgos, das heißt es!"

„Aber Sie waren doch verheiratet!"

„Ja und? Kann man denn nicht seine Meinung ändern?"

Giorgos stand noch immer wie versteinert da. Er war der typische Macho-Grieche, der schon seine eigene Frau als minderwertig betrachtete.

Dabei ist die doppelt so intelligent, dachte Pandis.

„Aber keine Angst, Giorgos, wie Du jetzt weißt, bin ich vergeben!"

Es reichte ihm.

Er stürmte aus dem vermaledeiten Rathaus und ging zu Angelos, der im „Da Vinci" saß.

„Idioten", sagte er, als er sich neben Angelos setzte.

Als dieser von dem Gespräch mit dem Bürgermeister hörte, sagte er:

„Ich will nicht, dass Du Deinen Job verlierst. Also ..."

„Sprich nicht weiter! Ich will das nicht hören. Lieber lebe ich unter der Brücke..."

Als Dich aufzugeben, wollte Pandis sagen.

Und das war sein voller Ernst.

Angelos aber ließ es nicht auf sich bewenden.

„Lieber unter der Brücke als wieder hetero werden oder lieber unter der Brücke, als ohne mich zu leben?"

Play me like a violin.

Das konnte er.

„Als ob Du die Antwort nicht kennen würdest."

„Ich kenne sie, aber ich HÖRE sie so gerne!"

Und er lachte.

24

„Chef, Sie müssen kommen!"
Wie oft hatte Pandis diesen Satz von
Giorgos gehört. Und nie konnte der sagen,
warum.
„Hier findet eine Demonstration statt.
Trillerpfeifen. Die ganze Promenade ist voll.
Der Bürgermeister flippt aus."
Eine Demo? Auf Mykonos?
„Aha. Und wogegen demonstriert man?"
„Nicht wogegen, sondern wofür! Man
demonstriert für Sie, Chef!"

Herrje, das ging aber schnell.
„Angelos, aufwachen! Wir müssen zur
Demo."
Angelos war noch im Halbschlaf.
„Wofür demonstrieren wir denn?"
„Für uns, mein Freund!"

Als sie vom Alten Hafen kommend auf die
Uferpromenade einbogen, traf Paul und
Angelos fast der Schlag.
Da waren Tausende von Menschen. Und
der Lärm der Trillerpfeifen war ohrenbe-
täubend. Manche schlugen mit Löffeln auf
Töpfe.

Als Angelos und Paul – Arm in Arm – gesehen wurden, brandete Applaus auf. Die beiden waren sichtlich verlegen. Pandis kannte fast keinen der Demonstranten. Halt, da hinten stand Aris. Man klopfte ihm und Angelos auf die Schultern. Lauter freundliche Gesichter. Was war hier los? So viele Gays gab es auf Mykonos gar nicht. Und dann verstand Paul, was die Demonstranten vor dem Rathaus skandierten: „Zu-rück-tre-ten!" „Zu-rück-tre-ten!"

Kaum hatten Pandis und Angelos den Eingang des Rathauses erreicht, liefen sie schon den Fernsehteams in die Arme. „Was sagen Sie zu Ihrer Entlassung, Herr Pandis?" „Was sagt Ihr Arbeitgeber zu Ihrem Verhältnis, Herr Markaris?" Woher zum Teufel hatten diese Geier Angelos´ Nachnamen? „Ganz ruhig, meine Herren. Die meisten von Ihnen kenne ich ja persönlich, von früheren Fällen. Sei es nun die Morgenröte-Verschwörung, die Mordserie um das

dusselige Ei oder andere. Alle Fälle wurden gelöst. Nun sagen Sie mir, was man besseres machen kann, als Mordfälle zu lösen? Ein Hetero-Kommissar hätte auch keine höhere Aufklärungsquote als 100%. Und den Tätern ist in der Regel ziemlich egal, mit wem der Kommissar im Bett liegt."
Allgemeines Gelächter.

„Und bevor ich nun zum letzten Mal in mein Büro gehe, machen Sie doch ein schönes Foto von uns beiden!"

Angelos schaute etwas verdattert, ließ sich aber auf die Show ein.

Dann betraten sie gemeinsam das Rathaus.

Zehn Minuten später stand auf der Facebook-Seite der Stadt Mykonos folgender Text:

„Der Bürgermeister gibt bekannt, dass Polizeipräsident Paul Pandis weiterhin im Amt bleibt und sein Vertrauen genießt. Bei der gestrigen Meldung handelt es sich um ein Missverständnis, das der Bürgermeister außerordentlich bedauert."

Pandis grinste breit.

Offensichtlich hatten einige Unterstützer des Bürgermeisters ihm klar gemacht, dass er bei der nächsten Wahl nicht auf sie zählen sollte. Und dass die öffentliche Reaktion das Image der Stadt nachhaltig beschädigen würde.

Tja, Homophobie verschwindet dann, wenn es an den Geldbeutel geht.

25

Pandis und Angelos saßen im „Da Vinci" bei ihrem morgendlichen Espresso. Es war ein typischer Mykonos-Tag.

Blauer Himmel, Sonne und ein kräftiger, kühler Nordwind.

„Hui. Ich weiß nicht, ob ich mich an den Wind gewöhnen kann", meinte Angelos. Er zitterte sogar leicht.

„Tja, 25 Grad in Mykonos sind etwas anderes als 25 Grad in Athen. Aber dafür ist die Luft besser", erwiderte Pandis.

„Nimm mich gefälligst in den Arm, sonst erfriere ich!"

Pandis lachte. So besser?"

„Um Längen."

Just in diesem Moment lief Bürgermeister Sokrates am „Da Vinci" vorbei.

Na bravo. Aber was soll´s.

Kopfschüttelnd ging er weiter.

„Das gibt wohl nachher die zweite Entlassung", meinte Pandis lachend.

„Ich glaube, das traut er sich nicht noch einmal". Angelos grinste.

Plötzlich waren vom vorderen Teil der Uferpromenade lauter „Buh"-Rufe zu hören.

„Angelos, ich glaube, Du hast einige Fans auf dieser Insel".

„Wir, mein Freund, wir!"
„Ja, aber Dir hechelt jeder hinterher. Das ist ja furchtbar. Die ziehen Dich ja mit Blicken regelrecht aus!", meinte Paul wütend.
„Eifersüchtig? Süß!"
Dann sagte Angelos noch:
„Es ist mir vollkommen egal. Schauen können sie. Chancen haben sie keine. Null. Ich brauche Dich, ich habe Dich. Und ich bin nicht so verrückt, das aufs Spiel zu setzen. Capisce?"
„Si!"

Der Sex mit Angelos war überwältigend. Zumindest war klar, dass Männer besser blasen können. Das hätte er zu gerne auch seiner Schwiegermutter erzählt, allein: die war schon tot.
Heute morgen faselte Angelos etwas von Stufe 2. Da wurde Pandis hellhörig.
Ooops. Analverkehr. Wie funktioniert das?
Am besten frage ich Stefan, den ehemaligen Lebensgefährten des ermordeten Yannis.
Gott, würde das peinlich werden.

26

Das Handy brummte. Giorgios.

„Ich wette, das Telefonat beginnt mit den Worten ‚Chef, Sie müssen kommen'. Aber ohne Angabe von Gründen", sagte Pandis.

„Chef, Sie müssen kommen!"

Pandis und Angelos prusteten los.

„Was ist so lustig?", fragte Giorgos.

„Nichts. Was gibt´s?"

„Die alte Leonidas ist da. Aus Lia. Sie besteht darauf, mit Ihnen zu sprechen."

„Dann sag ihr, dass es etwas dauert, weil ich und Angelos noch zusammen duschen gehen."

Stille.

„Das war ein Scherz, Giorgos. Wir sind schon unterwegs".

Was für ein Idiot.

Als er sein Büro betrat, sah Pandis die alte Frau Leonidas. Der typische Fall von Nachbarin, die niemand haben will. Den ganzen Tag am Fenster, entgeht dieser Sorte Mensch nichts. Als Polizist ist man aber auf solche Plagen angewiesen.

„Ich bin hier wegen des alten Lamprou.

Ich glaube, er wurde von seiner Tochter ermordet! Oder sie hat zumindest mitgeholfen!"

„Und wie kommen Sie darauf?"

„Weil die angebliche Feindschaft zu Milas nie bestand. Zumindest nicht von ihrer Seite. Alles nur Show von dem verlogenen Biest!"

Vorsicht, Pandis! Hier spielt etwas Persönliches mit.

„Zum Schein hat sie sich noch mehr aufgeregt über Milas als ihr Vater. Aber ich habe ihr das nie abgenommen. Den eigenen Vater umzubringen. Sie wollte das Geld. Oder besser gesagt, sie wollte den Hof und den dann an den Nachbar verscherbeln!"

„Liebe Frau Leonidas, das sind schwerwiegende Anschuldigungen. Und sie klingen ziemlich an den Haaren herbeigezogen. Nichts deutet daraufhin, dass die Tochter etwas mit den Toten zu tun hat. Wir brauchen schon etwas Handfestes!"

Frau Leonidas lächelte. Dennoch: es war das Gesicht einer bösen, verbitterten Frau.

„Gott sei Dank mache ich Ihre Arbeit, Herr Kommissar! Ich habe Fotos!"

Sie griff in ihre abgegriffene Handtasche.

„Hier! Fotos, die sie mit Milas zeigen! Wie Sie sehen können, spricht sie mit dem Kerl und sie lächelt dabei. Die angebliche Feindschaft war nur ein Schauspiel!"

Sie hatte recht.

Das waren Fotos von zwei Menschen, die sich keineswegs ablehnend gegenüberstanden. Kein Liebesverhältnis, aber man lächelte sich an.

„Und die Fotos stammen von drei verschiedenen Tagen in den zwei Wochen vor dem Mord!"

Pandis war sprachlos.

„Ich sehe, Sie haben verstanden."

Frau Leonidas stand auf, drehte sich aber nochmal um und sagte: „Sie hätten es schon noch herausgefunden, trotz Ihres Liebeswahns. Ein Kommissar, der mit einem Mann zusammenlebt. Bei Papadopoulos* hätte es sowas nicht gegeben! Und der Herrgott wird Sie auch noch strafen!"

Er war kurz davor, einer alten Frau an den Hals zu springen und sie langsam zu erwürgen.

„Unter Papadopoulos hätte man Sie als Hexe verbrannt! Und wohin der Herrgott Sie oder mich schickt, werden wir ja sehen. Sie auf jeden Fall eher als ich!"

Angelos lachte laut.

„Sei froh, dass dieser Drachen nicht neben Dir wohnt!"

„Das Schlimme ist, sie hat mit dem ersten Teil recht."

27

Angelos musste für einen Tag nach Athen, wollte am Abend aber wieder auf Mykonos sein. Schließlich kam Tschernenko am nächsten Morgen wieder aus Zypern zurück.
Und Pandis war ganz seltsam zumute.
Es war wie früher. Er wachte alleine auf.
Und griff mit der Hand nach rechts. Da war niemand.

Im Büro angekommen, wartete eine Überraschung auf ihn.
Die Fotografien waren vergrößert worden.
Und darunter befand sich ein Mustervertrag zwischen Maria Lamprou und Herrn Milas bezüglich eines Grundstücksverkaufs in Lia.
Das Grundstück ihres Vaters. Zu einem Preis, der Pandis erstaunte. 800.000 Euro. Das war selbst für Mykonos-Verhältnisse sündhaft teuer. Geld schien also keine große Rolle zu spielen.
Das Handy brummte. Angelos.
„Großer, was gibt´s?"
„Wie wäre es zunächst mit einem ‚ich vermisse Dich'?"

„Das weißt Du auch so. Noch so ein Morgen und ich ertränke mich am Strand!", sagte Pandis.

„So ist es brav. Ich komme um 19.20 Uhr mit Ryanair."

„Heißt: Du kommst erst morgen!"

Beide lachten.

„Aber deswegen rufe ich nicht an. Die Blutanalyse ist da. Das Blut in der Fliesenfuge stammt tatsächlich von Pavlos!"

Also hatte der Ukrainer ihn erst betäubt. Dann muss Pavlos gestürzt sein und sich den Kopf aufgeschlagen haben. Eine direkte Gewalttat war durch das Scopolamin ausgeschlossen. Außerdem war die gereinigte Stelle des Teppichs viel zu klein für den Blutverlust bei einem Kopfschuss. Den hat er Pavlos wohl erst im Feld verpasst und dann Feuer gelegt.

Leichenbeseitigung.

Nur dass es noch keine Leiche war.

Der arme Junge lebte noch.

Pandis schauderte.

„Ich habe auch eine Neuigkeit. Die Tochter des Alten war sich mit Tschernenko schon einig über den Verkauf des Grundstücks. Für den Schnäppchenpreis von 800.000 Euro. Unter den Dokumenten befand sich der Entwurf eines Kaufvertrages.

Angelos blieb stumm.

„Das ist aber komisch. Warum sollte sie ihren Vater vergiften, wenn Tschernenko ihn doch ermorden wollte oder besser hat?"

„Kluges Kerlchen! Das wüsste ich auch gerne. Aber wenn ich mit einem Haftbefehl wedele, wird sie schon gesprächig. Da bin ich mir sicher. Bis später!"

28

Aias Lamprou saß am Küchentisch. Wie seit über 60 Jahren. Oder besser: seit er sich erinnern kann. Das Wohnzimmer wurde nur selten benutzt, wie in griechischen Bauernhöfen üblich.
Nur sonntags und in bester Kleidung durfte man es betreten.
Er sah durch das verdreckte Fenster nach draußen.
Es ging bergab. Mit ihm und dem Hof.
Verdient war schon lange nichts mehr.
Aber er machte weiter. Was hätte er auch tun sollen? Einfach dasitzen?

Er merkte, dass es mit ihm zu Ende ging.
Jede Woche ging es ein Stückchen bergab. Immer kraftloser, immer mehr Schmerzen.
Seltsam. Mutter und Vater wurden über 90.
Er hingegen war erst 65.
Ein bisschen früh.
Eines hielt ihn noch aufrecht.
ER bekäme sein Grundstück und Haus nicht. Dieser elende Milas. Neureicher.
Und bestimmt Ausländer. So ganz akzentfrei war dessen Griechisch nicht.

Oh ja, Milas hatte mit viel Geld gewunken. Und er, Lamprou, gab die passende Antwort: mit der Schrotflinte.

Lamprou musste lächeln beim Gedanken an diesen Tag.

Au. Diese verfluchten Schmerzen. Beim Aufstehen wurde ihm schwarz vor den Augen. Ein Schluck Tee. Seine Tochter hatte ihn gekocht, bevor sie zu ihrer Freundin fuhr. Gutes Kind, auch wenn ihr Tee immer besonders bitter war.

Er sah zum Fenster hinaus und sah, dass sich im Feld etwas bewegte. Aber er konnte ohne Brille nicht mehr viel sehen.

Und plötzlich war alles in Flammen.

Das ganze Feld loderte. Und dann sah er eine Gestalt davonlaufen. Eine andere kniete mitten in dem Feuer und schrie.

Lamprou ging so schnell er konnte nach draußen und sah hilflos auf das Feuer, das sich immer weiter auf sein Haus zubewegte.

Er wusste, er war zu schwach, um dem Menschen zu helfen, der mittlerweile inmitten des Feuers zu Boden gegangen war.

Lamprou konnte aber nicht erkennen, wer der Brandstifter war. In dieser Geschwindigkeit entsteht kein normaler Brand. Das wusste er. Er war Bauer und mit seiner Erde untrennbar verbunden.

Plötzlich verspürte er ein Ziehen im linken Arm, gefolgt von dem Gefühl, seine Brust würde explodieren.

Er stolperte nach vorne. In Richtung des Feuers.

Dann stürzte er. Und sein Herz blieb stehen.

29

Kommissar Pavlos Pandis war unterwegs nach Lia. 22 Kilometer, für die man gut und gerne 30 Minuten brauchte.
Im Gepäck hatte er den Haftbefehl.
Richter Marmarinos war nicht begeistert von Pandis´ Konstrukt, auch wenn beide sich gut verstanden.
„Ich hoffe, Sie bringen sie zu einem Geständnis, Pandis! Und herzlichen Glückwunsch. Wer hätte je gedacht, dass unser übellauniger Kommissar mal den passenden Deckel für seinen Topf findet. Der Mann hat Sie in einen richtig netten Menschen verwandelt. Quasi ein Wunderheiler!"
Euer Ehren lachte über seinen eigenen Scherz.
„Ich hoffe – und ich meine es ehrlich -, dass es hält."
„Danke, Euer Ehren, das hoffe ich auch."
„Und Pandis: bei Ihrem nächsten Besuch bei mir, bringen Sie Ihre bessere Hälfte mit. Diesen Verzauberungskünstler will ich kennenlernen. Das ist eine richterliche Anordnung! Und einen Punkt hätte ich noch. Halten Sie sich diesmal wenigstens halbwegs an die Regeln. Ich weiß, dass Sie

ein hervorragendes Gerechtigkeits-
empfinden haben, quasi alttestamen-
tarisch. Aber wenn von 12 Mordfällen kein
einziger vor meinem Gericht landet, finde
ich das merkwürdig.
Sobald Sie einen Täter gefasst haben,
sterben die wie die Fliegen. Dem Einen reißt
die Aorta, der Zweite rast mit 200 gegen ein
Denkmal und der Dritte liegt mit Kopfschuss
am Strand.
Glauben Sie, ich weiß nicht, dass der alte
Nazi Bosganos mitnichten an einem
Aortariss gestorben ist? Oder vielmehr
doch, weil dort ein Eispickel steckte, der ja
nur vom Lebensgefährten von Yannis
stammen konnte. Wie hieß er gleich?
Stefan?"
Pandis erstarrte.
Er hatte Stefan laufen lassen. Der Mord an
seinem Freund Yannis war zu bestialisch.
„Sie haben richtig gehandelt. Warum noch
mehr Leben zerstören? Aber zumindest
einen Mordfall möchte ich ab und zu
sehen.
Ich will nicht den Rest meines Lebens mit
Ziegendiebstählen verbringen. Verstanden,
Pandis?"

„Jawoll, Euer Ehren. Übrigens, ich treffe Stefan gleich. Kann ich ihm sagen, dass die Sache endgültig erledigt ist?"

„Ja. Warum treffen Sie sich überhaupt mit ihm? Sie werden doch nicht jetzt schon fremdgehen?"

„Nein, niemals. Ich brauche nur ein paar Tipps!"

Der Richter brach in Gelächter aus.

„Ein Grundkurs ‚Schwuler Sex im hohen Alter'?"

Jeder andere hätte von ihm ein blaues Auge verpasst bekommen. Bei einem Richter ging das schlecht.

„So in etwa. Das ist alles viel schwieriger als man denkt!"

„Wäre es einfach, wären wir alle schwul!"

30

Pandis fuhr auf den Hof von Lamprou.
In seinem Gefolge zwei Polizeiwagen mit
Blaulicht. Natürlich war das im Prinzip nicht
nötig, aber es sollte den psychologischen
Druck erhöhen.
Pandis brauchte ein Geständnis und da
war jedes Mittel recht.
„Frau Lamprou, Sie wissen, warum wir
kommen!"
Sie stand am Küchenfenster. Zwei Polizisten
in Uniform standen genau vor dem Fenster.
„Milas kann Ihnen nicht mehr helfen. Er sitzt
gerade im Flugzeug und wird bei Ankunft
verhaftet. Wir wissen alles!"
Maria Lamprou drehte sich um. Ihr Gesicht
war voller Hass.
„Dieser dumme, alte Narr. Und seine
geliebte Bruchbude. Und seine Felder, auf
denen nur Steine wuchsen. Wir hätten alles
hinter uns lassen können."
„Mit 800.000 Euro hätten Sie ein ganz
anderes Leben führen können. Es muss
schlimm gewesen sein, hier zu leben, hier
eingesperrt zu sein!"
Anfüttern, Pandis!
„Sie machen sich keine Vorstellung. Ich
sollte ihn pflegen. Wenn er 90 geworden

wäre, wie seine Eltern, wäre ich 70 gewesen und selbst am Ende. Ein Leben, das keines war. Ich habe ihn dafür gehasst. Aber fort konnte ich nicht. Ihn alleine zu lassen, brachte ich auch nicht fertig. Also blieb alles, wie es ist. Routine."

Damit kannte sich Pandis aus. Er selber hatte auch 25 Jahre Lähmung durchlaufen. Plus die drei Jahre auf Mykonos. Bis sich alles änderte.

Er konnte die Frau verstehen, billigen konnte er ihre Tat nicht. Aber er war dankbar, nicht in einer ähnlichen Situation zu sein.

„Wessen Idee war das Nikotin?", fragte Pandis.

„Es war meine Idee. Allein meine. Ich verwende das Nikotin seit Jahren für meine Rosen."

Mist.

Nun hatte er zwar das Geständnis, aber er hatte gehofft, Maria Lamprou würde Tschernenko belasten.

„Warum war Milas so versessen auf den Grund und Boden Ihres Vaters?"

„Das wissen Sie doch, Es ging um das Gas."

Gas?

31

„Stefan, ich brauche Deine Hilfe!"
Die beiden trafen sich im „Burro´s" zwischen
den beiden Kreisverkehren. Bei
Einheimischen sehr beliebt, da es dort fast
keine Touristen gab. Pandis wäre etwas
Anonymeres lieber gewesen, angesichts
des Themas.
„Jederzeit, nachdem, was Du für mich
getan hast!"
„Gut, also: ich habe mich verliebt. Er heißt
Angelos!"
Stille und ein fassungsloses Gesicht.
„DUUUUU?"
„Ja und bitte nicht so laut."
Hast Du ein Foto auf dem Handy?"
„Ja. Schau!"
„Huiii. Was will so ein Adonis von Dir?"
„Du landest gleich in der tiefsten Zelle, die
wir haben."
„War doch nur Spaß! Womit kann ich
dienen?"
Räuspern. Knallrotes Gesicht.
„Ich habe ein bisschen Angst vor dem
Analverkehr."
Und es ist wie immer: In dem Moment, in
dem es NICHT leise sein soll, ist es dann aber

mucksmäuschenstill. Mindestens zehn Mann drehten sich um.

„Gott, Du wirst ja rot. Ist das süß!"

„Kellerzelle, Stefan, Kellerzelle."

„Ist schon gut. Also: wie groß ist er?"

„1,85 m", und schon fing Stefan wieder an zu wiehern.

Nicht DIE Größe, Paul. Die andere!"

„Ach so. Na ja, ziemlich dick würde ich sagen."

„Autsch. Gut. Als erstes wird er seine Finger in den Anus einführen, erst einen, dann zwei, dann drei und dann wird er ihn langsam dehnen. Vielleicht wird er etwas Gleitgel nehmen und Dich zuerst ein bisschen rimmen."

„Was bitte?"

„Er wird Dich lecken, Paul. Am Hintern. Aber: es wird zunächst weh tun. Nichts mit romantischen Gefühlen. Nach einer halben Minute wird eine Mischung aus Schmerz und Wonne draus. Wie beim Auspeitschen!"

Aha. Da ging ja bisher einiges an Pandis vorüber.

„Richtig verliebt, Paul?"

„Bis über beide Ohren, Stefan!"

„Ich finde das einfach fantastisch. Wenn wir einer erzählt hätte, Kommissar Pandis würde mich jemals nach ANALVERKEHR fragen ..."
„Nicht so laut, Du Idiot."
„Paul, wenn er wirklich so ist, wie Du ihn schilderst, wird er sehr vorsichtig sein. Außerdem kannst Du auch ‚nein' sagen. Frage: Was tust Du, wenn Du ‚nein' sagst, er Dich aber trotzdem bittet, Dich ficken zu dürfen?"
DIESES GESPRÄCH GLAUBE ICH EINFACH NICHT, dachte Pandis. Wird hier tatsächlich darüber gesprochen, wie der Herr Polizeipräsident von Mykonos penetriert wird?
„Wenn er mich trotzdem bittet? Dann habe ich in fünf Sekunden die Hosen unten."
Stefan lachte, nein, er wieherte wieder.
„Du bist dem Kerl hörig, mein lieber Paul!"
JA.
„Aber Du musst mir eines versprechen: ich will alle Details hören und ich will diesen Wunderknaben kennenlernen."
Schon wieder Wunderknabe.
Dann war er es wohl.
„Aber solltest Du ihn anbaggern, hast Du keine Minute mehr zu leben!", sagte Pandis.
Stefan lachte.
„Herrje. Eifersuchtsrate 200%. Wie kam´s?"

Gute Frage.

„Er hat mich aus heiterem Himmel einfach nur geküsst."

„Vorher nie etwas bemerkt?"

„Nein. Zumindest ich nicht. Angelos meint, er hatte es im Gefühl – und es dann einfach probiert."

„Mutig. Bei einem Fehlschlag wäre er im berühmten Keller gelandet."

Pandis lachte.

„Wenn ich dran denke, wie ich zuerst über Deinen Freund die Nase gerümpft habe. Verzeih´. Aber es lag wohl an der Person – wenn man das über einen Toten sagen darf."

Gerade noch einmal die Kurve gekriegt.

„Das darf man. Er war schon etwas exzentrisch. Ich freue mich jedenfalls für Dich!"

„Danke. Übrigens, ich habe mit dem Richter gesprochen. Wir sind uns beide einig, dass es genug zerstörte Leben gab. Du hast nichts mehr zu befürchten. Wichtig war, dass Du nicht geflüchtet bist. Du kannst also beruhigt weiterleben!"

Stefan atmete tief aus.

Dann beugte er sich über den Tisch und gab dem Herrn Kommissar einen Kuss auf die Wange.

„Heiliger Gott, 25 Jahre ungeküsst – und jetzt gleich zwei!"

Da Paul wieder ins Büro musste und Stefan in Ftelia wohnte, beschloss dieser bei Paul zuhause vorbeizuschauen. Dann könnte er mit diesem Wunderknaben sprechen – wenn er denn zuhause wäre.
Und er war zuhause.
„Hallo, ich bin Stefan. Du musst Angelos sein!"
„Ja, aber Paul ist nicht da."
„Weiß ich, ich wollte auch zu Dir!"
Angelos schaute irritiert. „Dann komm rein!"
Stefan setzte sich auf die Couch.
„Du hältst mich bestimmt für unverschämt, aber Paul ist mir sehr ans Herz gewachsen. Nicht, wie Du jetzt meinst. Er hat mir praktisch das Leben gerettet. Und ... ich bin ein wenig überrascht über sein ... seinen Sinneswandel."
Angelos schaute noch immer fragend.
„Es gibt so viele, die nur ein schnelles Abenteuer wollen. Ich frage Dich direkt, ob Du es wirklich ernst mit ihm meinst."
Und Angelos platzte.
„Wieso glaubt jeder, ich würde es mit ihm nicht ernst meinen? Ich werde noch verrückt. Also: das Geld ist es nicht, weil ich

das Doppelte verdiene. Und wenn Du glaubst, er liebt mich mehr als ich ihn, liegst Du falsch. Ich habe Monate gebraucht – in denen ich ihn nicht gesehen habe -, bis ich mich getraut habe, ihn anzusprechen ..."

„Zu küssen, wenn es mir Paul richtig erzählt hat."

„Oder so". Angelos lächelte.

„Du weißt, dass er Dich vergöttert."

„Ja. Und ich finde es toll. Ganz ehrlich. Was wünscht man sich mehr? Aber er redet mir deswegen nicht nach dem Mund. Sonst wäre Paul nicht Paul. Wenn ich merke, er will etwas nicht, dann werde ich es nicht tun. Und ich bin nicht Gott. Ich sehe besser aus – und ich kann besser blasen!"

Und Stefan bog sich vor Lachen.

Beim Nachhause fahren dachte Stefan nach.

Gut. Der ist keine Schlampe, wie so viele. Der meint es wirklich ernst.

Und ist auch noch witzig. Er musste wieder grinsen.

Herrgott, so einen hätte ich auch gerne.

Was für ein Glückspilz Paul doch ist.

Aber es sei ihm gegönnt!

32

„Ich hoffe, ich störe nicht eure
Zweisamkeit", sagte Aris.
„Trottel. Sonst hätte ich Dich wohl nicht
eingeladen", entgegnete Pandis.
„Komm rein!"
„Ich habe gekocht. Aber keine Angst,
Angelos hat mitgeholfen."
„Du kochst? Hier passieren wunderliche
Dinge!" Aris lachte und umarmte Angelos.
„Wehe, Du lässt Paul jemals sitzen. Dann
hilft Dir auch Dein Geheimdienst nicht!"
„Das habe ich nicht vor, Aris!"
„Gut, dann verstehen wir uns ja."

Nach dem Essen saßen die drei auf dem
großen Balkon. Windstille.
„Die Lamprou hat gestanden?", fragte Aris.
„Nun ja, ich habe ein bisschen
nachgeholfen. Ich habe ihr erzählt, wir
würden Tschernenko verhaften. Was wir
natürlich nicht konnten!"
Aris lachte.
„Du solltest auch zum Geheimdienst. Deine
Methoden sind auch nicht besser!"
„Das gebe ich gerne zu. Aber man muss
der Gerechtigkeit manchmal etwas
nachhelfen", entgegnete Pandis.

„Und ein schlechtes Gewissen hab´ ich dabei nicht. Allerdings fehlt mir noch einer. Tschernenko!"

„Als Du mir von dem Gas erzählt hast, habe ich bei uns mal nachgefragt", sagte Angelos.

„Auf Zypern hat man riesige Gasvorkommen entdeckt. Und wie ganz Zypern ist alles in Händen der Russen. Und unser Tschernenko scheint ein großes Tier gewesen zu sein. Ost-Ukrainer, daher eher Russe. Er soll zwei amerikanische Konkurrenten umgebracht haben. Oder umbringen lassen. Aber nachweisen konnte ihm die Polizei auf Zypern nichts. Und danach ist er abgetaucht."

„Und wohin, wissen wir ja jetzt", warf Pandis ein.

„Aber was hat Mykonos mit dem Gas auf Zypern zu tun? Wo soll unter der Steinwüste in Lia Gas sein?", fragte Aris.

Angelos holte tief Luft.

„Nicht an Land, sondern da draußen, unter dem Meeressockel!"

Aris schaute noch immer fragend.

„Aber wozu brauchen die dann die Grundstücke?"

„Ganz einfach. Das Gas muss von der Bohrstelle angelandet werden. In ein

Terminal. Je kürzer der Weg, desto billiger.
Und dann kann man gleich auch
Unterkünfte und die Verwaltung direkt
daneben bauen. Alles in Steinwurf-
Entfernung!", erklärte Angelos.
„Ok, verstanden. Aber wer sagt, dass es
dort Gas gibt? Niemand würde für eine
Suche die Genehmigung erteilen!",
entgegnete Aris.
Paul und Angelos sahen sich nur an.
„Alles schon passiert!"
„Was bitte?"
„Unter den Dokumenten bei Tschernenko
befand sich eine Genehmigung für eine
Probebohrung, unterschrieben von
Sokrates!"
Dem Bürgermeister.
Aris schaute entsetzt.
„Und keiner hat etwas mitbekommen? Das
geht doch gar nicht!"
Angelos lächelte.
„Diese Erkundungsboote sehen heutzutage
nicht viel anders aus als größere Fischer-
boote mit viel Technik obendrauf. Da
werden sich zwar manche gewundert
haben. Aber denen, die angerufen haben,
hat man irgendetwas von einem
Forschungsschiff für Meereskunde erzählt."

„Was bedeutet, dass der Bürgermeister für sein Vorgehen einen Obolus kassiert hat", sagte Aris.

„Da hätten wir auch Theodorakis behalten können."

„Nein", sagte Pandis. „Theodorakis war korrupt und dumm, Sokrates ist nur korrupt!" Es war die Wahl zwischen …

„Angelos und ich denken, dass meine Entlassung nichts mit unserer Beziehung zu tun hatte. Sokrates befürchtete wohl, dass ich ihm auf die Spur komme. Deswegen sollte ich weg. Mein Nachfolger wäre Giorgos geworden und der ist zu dumm, einen Strafzettel auszustellen."

Aris schüttelte den Kopf.

„Niemals hätten die Einwohner und Hoteliers einem Terminal in Lia zugestimmt!"

„Warum nicht? Denk an die Riesensummen, die man verdient hätte.

Und in Lia gibt es gerade mal einen Gasthof. Das Eck ist so hässlich, dass ein Terminal eine Verschönerung wäre. Die anderen Teile der Insel wären ja nicht betroffen. Und Gas ist kein Öl. Irgendwelche Verschmutzungen, zum Beispiel bei mir in Kalafati, sind nicht zu befürchten."

„Aber Tschernenko hat doch erst zwei Grundstücke. Das dritte fehlt doch noch."
„Ja", sagte Angelos. „Unter den Dokumenten in seinem Haus war auch der Entwurf eines Vertrages mit dem Franzosen, dem das dritte Grundstück gehört. Laut der Lamprou hat es Tschernenko bei ihm schon probiert, hat sich aber eine Abfuhr abgeholt. Trotz eines hohen Angebots. Wir denken, es wird bald eine weitere ‚Brandsanierung' geben."
Pandis dachte an kalte Nächte auf dem Berg, auf dem Boden liegend. Sein Rücken würde sich bedanken. Aber: früher lag er alleine auf Lauer, jetzt war Angelos dabei. Immerhin.

„Wir haben aber eine zweite Option. Die Amerikaner sind bestimmt scharf darauf, ihn zu kriegen. Bei der Ermordung von eigenen Staatsangehörigen sind sie sehr empfindlich. Ganz im Gegenteil zu Morden an Irakern oder Afghanen. Da zuckt man nur mit den Schultern!"
„Ja, weil die weniger zählen. Und weil da die Amerikaner die Mörder sind", erregte sich Aris.
Pandis lachte.
„Der ewige Kommunist!"

„Lach nur. Ich weiß gar nicht, seit wann wir zu Amerikas Bütteln gehören!"

Angelos wurde gereizt.

„Aris, Du vergisst, dass Tschernenko mehrere Menschen auf dem Gewissen hat. Und: die Amerikaner haben momentan erhebliche Probleme mit den Türken. Also fließt im Moment viel Geld nach Athen. Die Ägäis ist strategisch so bedeutend wie noch nie, seitdem die Russen wieder Weltmacht spielen. Und, Aris, sei ehrlich: wenn Dir jemand drei Autos schenkt, ohne Bedingung, dann nimmst Du sie, der Kommunist macht dann Pause. Es gibt aber einen entscheidenden Punkt: die Amerikaner bekommen von uns nur das, was WIR wollen. Alles andere behalten wir für uns."

Erstaunlich, dachte Pandis. Diese Selbstsicherheit, aber ohne jede Arroganz, ohne Oberlehrermanier.

Gute Ausbildung. Oder war Angelos schon immer so?

Pandis befürchtete einen Riesenkrach zwischen Aris und Angelos.

Alarm.

Aris schaute extrem kritisch. Widerspruch war er nicht gewohnt. Dann sagte er:

„Paul, Mut hat er, das muss man ihm lassen.
Ist er bei Dir auch so direkt?"
Pandis lächelte.
„Oh ja. Und ich brauche das."
Aris sagte nur „Glückspilz."
„Dennoch: ich kann Amis einfach nicht
leiden. Du würdest den Amis also stecken,
wo der Ukrainer steckt und wie er jetzt heißt
und dann holen sie ihn und bringen ihn in
ihr Foltergefängnis nach Kuba."
Angelos nickte.
„So ungefähr ja. Er ist ein Mörder, Aris, und
die Chance, dass er bestraft wird, ist bei uns
gering. Sei ehrlich!"
Pandis schaltete sich ein.
„Ohne Nikos einzuweihen?"
„Das nennt man informelle Kontakte."
„Mir wäre es lieber, Du würdest Nikos
einbeziehen", sagte Pandis in einem Anflug
von Mut.
Und bereute es sofort. Es ging ihn nichts an.

Aber Angelos schien sein Widerspruch zu
gefallen. Oder war es ein Test?
Angelos stand auf, stellte sich hinter den
Sessel, in dem Pandis saß. Er beugte sich
hinunter und küsste Paul auf den Kopf.
Aris glaubte, ein Schnurren zu hören.

„Das gibt´s doch nicht. Aus dem größten Rüpel unter der Sonne wird ein schnurrendes Kätzchen!"

„Es kommt immer auf den Kater an", sagte Pandis lächelnd.

33

Eine ereignislose Nacht hatten sie schon hinter sich.

Nach Sonnenuntergang fuhren Angelos und Pandis mit ihrem Kombi auf die Anhöhe oberhalb des dritten Grundstücks.

„Hoffentlich tut sich heute was. Noch eine Nacht in der Kälte und auf dem harten Boden …"

„Du bist keine neunzig, Paul! Dein Kreuz krieg´ ich schon wieder hin", sagte Angelos lachend.

Ein schöner Gedanke. Pandis ging es prompt besser.

Durch die Nachtsichtgeräte war noch nichts zu sehen.

Paul rutschte zu Angelos hinüber und streichelte ihm über den Rücken.

„Paul! Wir sind bei der Arbeit!"

Stimmt. Was war nur mit ihm los?

Er hatte sich nie viel aus Sex gemacht. Schon gar nicht während seiner Ehe. Nun, wir wissen jetzt, warum.

„Entschuldige!"

Angelos lachte leise.

„Du brauchst Dich nicht zu entschuldigen. Aber wie soll ich das Sichtgerät ruhig halten, wenn Du an mir herumfummelst.

Soll ich in den Bericht schreiben: ‚Der Verdächtige entkam uns, weil der Herr Kommissar einen Hormonschub bekam'?" Pandis lachte.

Zwei Stunden später war Pandis bereits am Einnicken, als ihn Angelos stupste.

„Paul", flüsterte er. „Schau mal nach rechts. Da tut sich was!"

Pandis sah durch sein Nachtsichtgerät. Da bewegte sich eindeutig etwas und es war kein Tier.

Es war ein Mensch, der sich auf den nördlichen Rand des dritten Grundstücks zubewegte. Da Nordwind herrschte, war es der ideale Ort für eine Brandstiftung. Wind und Trockenheit würden das Feuer in Windeseile über das Feld und das Anwesen verbreiten.

Es bestand kein Zweifel daran, dass die Gestalt Tschernenko war, aber leider konnte man das Gesicht nicht erkennen. Bei Option 1 war dies aber unerlässlich. Bei Option 2 hätte wohl ein Schuss ausgereicht. Aber ohne Rückendeckung wäre es für Angelos zu gefährlich.

Plötzlich schlugen Flammen hoch. Da der Wind doch etwas böig war, entzündete sich nicht nur das dritte Grundstück,

sondern auch die nächstgelegene Parzelle.
Die gehörte der Hexe Leonidas.
Kein Fehler, dachte Pandis. Gut gemacht.
Hoffentlich brennt sie langsam!

Offensichtlich war Tschernenko selbst
überrascht, welche Richtung das Feuer
einschlug. Durch das Licht konnte man nun
wenigstens erkennen, dass dort eine
Gestalt stand. Und unschlüssig hin und her
ging.

34

„Er haut ab!"
Pandis sprang auf und den Berg hinunter.
„Nicht, Paul!", rief ihm Angelos hinterher.
Doch es war zu spät.
Pandis sah, wie der Flüchtige anhielt, sich
umdreht und schoss.
Pandis drehte sich zwar zur Seite, aber als
ihn etwas mit unglaublicher Wucht traf und
er zu Boden fiel, wusste er, dass er getroffen
war.
Angelos kam den Berg hinuntergerannt.
„Paul!"
Pandis konnte nur schwer atmen.
Dann fiel er in Ohnmacht. Aber er spürte,
dass etwas auf seinen Brustkorb drückte.
Dann etwas auf seine Lippen.
Plötzlich war er wieder wach, auch wenn er
nicht klar sehen konnte.
„Deine...Zungenküsse...waren...mir...
lieber!", flüsterte er.
Angelos Gesicht war voller Tränen,
trotzdem musste er lachen.
„Bleib bei mir, Paul. Nicht einschlafen!"
Angelos zückte das Telefon. Kein Empfang.
Den Berg hoch.
Signal. Warten. Nikos, komm!

„Nikos? Ich brauche einen Medicop nach Mykonos, Lia. Die GPS-Daten gebe ich noch durch! Und bitte schnell!"

„Wer ist es?"

Nachdem „warum" konnte man später fragen. Typisch Nikos.

„Es ist Paul!"

„Welcher Paul?"

„PANDIS! Mein Freund! Dein Freund! Und er hat eine Schusswunde im Rücken."

„Bleib dran."

Kurze Pause.

„Der Heli ist unterwegs. Hast Du einen Defi im Technikwagen?"

„Natürlich. Liegt schon hier."

„Was meinst Du eigentlich mit ‚mein Freund?'"

„Das, was es heißt. Mein Partner, mein Geliebter!"

„DU UND PANDIS? Ich hätte ja alles geglaubt, aber …"

„Können wir das bitte später diskutieren? Ich muss wieder runter zu ihm. Ich musste ihn schon einmal reanimieren!"

„Gott steh Dir bei, Angelos!"

Er rannte wieder herunter.

Pandis war noch bei Bewusstsein.

„Angelos, ich spüre meine Beine nicht
mehr."
Rückenverletzung. Mist.
„Angelos,
ich…danke…Dir…für…die…schönsten…
Wochen… meines Lebens.
Ein…bisschen…wenig, aber…"
„Sei still. Du wirst leben. Und Du wirst laufen
können."

„Du…bist 28. Du…wirst…keinen…Opa…im
Rollstuhl…herumfahren wollen!"

„Ich fahre Dich wohin Du willst und solange
wie nötig. Begreife es endlich!"

„S'agapó, ich liebe … Dich, Ange…."
Dann wurde es finster.
Sein letzter Gedanke war: das gibt´s doch
nicht. Kaum bin ich endlich glücklich,
werde ich erschossen.
Da wurde Pandis wütend und begann zu
kämpfen.

35

Pandis erwachte im Krankenzimmer, noch vollkommen orientierungslos.
Wo bin ich?
Und wer ist diese Gestalt da?
Alles war verschwommen.
Giorgos, es war Giorgos.
„Hallo, Chef. Wie geht es Ihnen?"
„Frag mich morgen wieder. Ich kann es Dir nicht sagen."
„Sie werden wieder gesund. Und ich werde Sie solange vertreten."
Da wurde Pandis doch etwas mulmig.
Das würde in die Hosen gehen.
Drei Sekunden später wusste er, dass es schon in die Hosen gegangen war.
„Tschernenko wurde ermordet."
„Was?"
„Aber beruhigen Sie sich. Wir haben den Mörder schon festgenommen!"
„Wer ist es?"
„Angelos Markaris."
„Waaaaas?"
Beinahe hätte Pandis erneut den Defibrillator braucht.
„Ich weiß, es ist kaum zu glauben." Giorgos kannte Angelos vom „Ferrari-Fall".

„Aber es gibt keine Zweifel. Ein Hausbesitzer von gegenüber am Berg stand am Dienstagabend auf seinem Balkon und hat mit seinem Fernglas in die Gegend geschaut. Und da sah er einen Mann mit Gewehr liegen. Er hat uns sofort verständigt.

Wir brauchten zwar zwanzig Minuten von der Stadt nach Lia, aber wir konnten ihn trotzdem noch sehen, als er die Straße vom Berg hinunterfuhr. Er hat sich mit seinem Schuss wohl Zeit gelassen. Er konnte zwar mit seinem Kombi fliehen, aber ich habe ihn gesehen. Ich wusste, wer er war. Aber richtig geflohen ist er gar nicht. Wir haben ihn überall gesucht. Am Flughafen, am Hafen ... Dabei saß er seelenruhig bei Ihnen zuhause und ließ sich anstandslos festnehmen. Es tut mir leid, Chef. Aber er hat jemanden getötet."

Was sein Beruf ist, Du Idiot.

Und das Opfer war kein Opfer, sondern ein Mörder, der einen jungen Mann bei lebendigem Leib verbrennen ließ.

Und am Tod des alten Lamprou war er auch schuld. Er hatte dessen Tochter bestimmt angestiftet.

Pandis aber blieb still.

„Wo ist er jetzt?"

Giorgos schaute ihn verdutzt an.
„Na, in Naxos im Gefängnis.
Wo sonst?"

Da beschloss Pandis, wieder in Ohnmacht
zu fallen.

36

Zwei Stunden später kam Nikos. Endlich jemand mit Grips.

„Was ist mit Angelos?", fragte Pandis ungeduldig.

„Immer mit der Ruhe. Mein Freund, da haben wir nochmal Glück gehabt. Das Projektil hat Dein Rückgrat nur gestreift. Du hast zwar Lähmungserscheinungen, aber die geben sich. Du solltest aber die nächsten Wochen auf einen Zumba-Kurs verzichten!"

„Typisch Geheimdienst. Da weißt Du mehr als ich. Noch hab ich keinen Arzt gesehen."

„Ich hatte wirklich Angst um Dich, ich weiß ja, wie es ist, angeschossen zu werden." Nikos schaute Pandis mitfühlend an.

„Aber da gibt es jemand, der noch größere Angst hatte. Angelos war in Afghanistan und in Syrien. In Situationen, die ausweglos waren. Und trotzdem hat er immer rational und überlegt gehandelt. Aber bei dem Telefonat war er regelrecht hysterisch und verzweifelt. Meinem Mitarbeiter so den Kopf zu verdrehen! Das hätte ich Dir gar nicht zugetraut!"

Pandis lächelte.

„Dabei habe ich gar nichts gemacht!"

„Wer´s glaubt. Aber dass Eines klar ist: ich brauche Angelos. Er ist mein fähigster Mann und der beste Schütze!"

„Nikos, er sitzt im Gefängnis in Naxos. Wegen Mordes. Tu etwas!"
Nikos lächelte.

„Aufregung tut Dir nicht gut. Also beruhige Dich. Er ist nicht mehr im Gefängnis. Er sitzt in einem Hubschrauber hierher. Er hat darauf bestanden, hierher gebracht zu werden.
Eine richtige ‚Mykonos Love Story'. Kleinen Jungs den Kopf zu verdrehen!"
„Er ist 28. Da ist man wohl kein Junge mehr", raunzte Pandis.
„Nein, aber lass mich doch ein bisschen spötteln. Ich freue mich für ihn. Und vor allem für Dich. Es ist nur ... überraschend. Ich kenne euch beide ja schon länger. Dass ihr zusammenkommt – nie im Leben .."
„Ich kann Dir versichern, am meisten überrascht war ich. Und ich liebe ihn."
„Und er Dich. Er hat es mir gesagt. Und er ist kein wankelmütiger Mensch."
Das war schön zu hören.

Aber bitte: was ist das für eine Mordgeschichte?"

Nikos wurde ernst.

„Tschernenko hatte offensichtlich gewaltig Dreck am Stecken. Mehr als wir zunächst vermutet hatten. Als ich bei den Amerikanern nachfragte, habe ich regelrecht in ein Wespennest gestochen. Angeblich hat er auf Zypern zwei amerikanische Geschäftsleute – Konkurrenten – eigenhändig erschossen. Die Amerikaner wollten ihn selbst ausschalten, aber ich habe ihnen deutlich gesagt, dass dies auf griechischem Territorium nicht infrage kommt. Hier machen wir das selber. Also habe ich Angelos den Auftrag gegeben, Tschernenko zu eliminieren. Es war ein Mord in staatlichem Auftrag.

„Kannst Du damit leben, Paul?"

„Ich muss wohl. Es ist sein Job. Für König und Vaterland."

„Lass mich eines klarstellen: er muss immer wieder zu Einsätzen, bei denen er ums Leben kommen kann. Es war auch schon mehrmals richtig brenzlig."

Pandis schluckte.

„Ich habe wohl keine Wahl."

„Genau. Er wird in zehn Minuten hier sein.
Und ihr wollt bestimmt allein sein.
Und zu Deiner Beruhigung: Am meisten war
er in Gefahr hier – auf Mykonos. Also, ich
meine damals am Staudamm, nicht bei Dir
im Bett!"
Nikos zwinkerte Pandis zu.
„Raus! Halt. Eine Frage noch: wann hast Du
ihm denn den Befehl gegeben?"
„Am Mittwochmorgen, warum?"
„Nur so. Danke für Deinen Besuch."

Oh Gott, Angelos hatte Tschernenko
getötet, bevor er den Auftrag dazu bekam.
Er hatte ihn getötet – wegen ihm, Paul
Pandis.
Ihm kamen die Tränen, so gerührt war er.
Immerhin ist er MEIN Mörder.

37

„Hallo, Großer!"

„Hallo, mein Kommissar".

Angelos kam ans Bett, nahm Paul in den Arm und küsste ihn.

Immer noch Gänsehaut.

„Ich hab gerade mit Deinem Arzt gesprochen. Ich werde Dich wohl doch nicht schieben müssen!"

„Mein Arzt spricht wohl mit allen, außer mir." Angelos lächelte.

„Komm, rutsch rüber", sagte er und legte sich tatsächlich mit ins Bett.

„Wenn das die Schwester sieht, fliege ich hochkant hier raus!"

„Das ist mir vollkommen egal."

Angelos nahm Paul in den Arm.

„Ich hatte furchtbare Angst, Paul."

„Ich auch. Und ich brauche Dir nicht zu sagen, was mich am Leben gehalten hat."

„Nein, das brauchst Du nicht", sagte Angelos lächelnd.

„So wie Du schaust, weißt Du, dass ich Tschernenko am Dienstag erschossen habe und Nikos erst am Mittwoch angerufen hat, oder?"

„Bisher ist es nur mir aufgefallen, aber da es beim Geheimdienst keine schriftlichen

Berichte gibt – schon gar nicht bei einem Mordauftrag – bin ich mir sicher, dass es keiner merkt."

„Verurteile mich nicht."

Angelos blickte ihn fragend an.

„Wie könnte ich", sagte Pandis.

Wieder kamen dem Kommissar die Tränen.

„Himmel, ich habe seit Jahrzehnten nicht mehr geweint. Ich war ein gefühlloser Klotz. Was hast Du nur aus mir gemacht?"

Angelos lachte.

„Ich denke, einen glücklichen Menschen, oder?"

„Oh ja!!"

Und damit war es mit Pandis´ Fassung endgültig vorbei.

38

Das Handy brummte. Pandis ging auf den Balkon hinaus, aber es war Angelos´ Samsung.

Er hörte nur:

Wohin?

Wann?

Es war Nikos, der Angelos zur Arbeit rief.

Der Moment, vor dem sich Pandis immer fürchtete.

„Bitte nicht", sagte Pandis.

„Sei nicht albern, Paul. Du kennst meinen Beruf und Du weißt, dass ich immer wieder in den Einsatz muss."

Natürlich.

Er hatte ja recht.

Aber Theorie und die Gewissheit – das waren zwei verschiedene Dinge.

„Natürlich. Entschuldige. Ich will Dich nicht belasten", sagte Pandis zerknirscht.

„Du machst Dir wie immer Sorgen. Die mach´ ich mir auch. Du wirst es nicht glauben: ich möchte gerne zurückkommen zu Dir!"

Wenn nicht, weiß ich nicht, was ich tun soll, dachte Pandis.

„Wann musst Du gehen?"

„Der Heli kommt um drei", sagte Angelos.

„In einer Stunde??", fragte Pandis
ungläubig.
Er hatte gehofft, sie hätten wenigstens
noch einen Tag zusammen.
Angelos stand auf.
„Ich gehe Duschen."
Dann drehte er sich um.
„Kommst Du mit?"

Pandis brachte Angelos zum Flughafen.
„Wie wäre es, wenn ich jetzt sachte in den Graben fahre? Dann kämst Du zu spät!" Angelos lachte.
„Wahrscheinlich würden wir uns beide die Füße brechen. Und, Paul, ich fliege nicht mit Ryanair, sondern da wartet ein Hubschrauber – und der wartet, bis ich da bin."
„War ja nur ´ne Idee. Mir geht´s halt nicht gut, wenn ...", sagte Paul.
„Warte es ab, gleich geht es Dir besser!" Das verstand Pandis zwar nicht, denn: wie sollte es ihm besser gehen, wenn Angelos geht?

Im Flughafen standen sie im Terminal – ein letzter Espresso.
„Darf ich Dir eine Frage stellen? Und Du versprichst mir, dass Du nicht sauer bist?", sagte Angelos.
„Klar. Was möchtest Du wissen?"
„Ich hoffe, es klingt nicht arrogant. Aber ich denke, es ginge Dir besser, wenn Du Dir mit mir sicher sein könntest. Ich weiß, dass Du 25 Jahre unglücklich verheiratet warst.

Aber vielleicht sollten wir beide es einfach versuchen?"

Pandis war wie gelähmt und bekam sekundenlang den Mund nicht zu.

Und Angelos verstand es falsch.

„Ok, entschuldige. Da hab ich mich wohl verkalkuliert."

Er war sichtlich enttäuscht.

„Angelos, nichts würde ich lieber tun als Dich zu heiraten", sagte Paul und kämpfte – wieder mal – gegen die Tränen an.

Angelos strahlte.

„Dann müssen wir das jetzt aber richtig machen."

Er ging schnurstracks zum Info-Counter, sprach kurz mit der jungen Dame und bekam das Mikrofon.

„Eine wichtige Durchsage für den Polizeipräsidenten Paul Pandis. Das ist der ältere Herr an der Bartheke dort hinten. Willst Du mich heiraten?"

Es war totenstill.

Pandis – wieder wie gelähmt – nickte nur.

Dann griff sich die Dame das Mikrofon und sagte: „Nicken reicht nicht, Sie Idiot!"

Das ganze Terminal lachte.

Pandis ging zum Counter, nahm das Mikrofon und sagte: „Ja, Angelos, ich will!"

Angelos drückte ihn fester als sonst.

Die Dame hinter ihnen meinte:
„Den hätte ich auch genommen."
Pandis drehte sich um und sagte:
„Finger weg oder Kellerzelle!"

Es war ohne Zweifel der glücklichste
Moment seines Lebens.

Und da ein holländischer Tourist beim
Filmen im Terminal alles aufgenommen
hatte, lief der Flughafen-Antrag später auf
einigen holländischen Kanälen. Am
nächsten Tag dann auch in Griechenland.

Der Bürgermeister würde in Ohnmacht
fallen.
Schöner Gedanke!

DIE GRAUSAME WAHRHEIT
SECHS MONATE SPÄTER

40

Es war ein kühler Morgen.
Besser gesagt: es war noch Nacht.
Die Dämmerung zog am Horizont langsam
auf.
Der Hubschrauber, ein Apache, setzte die
sechs Mann nordöstlich von Mossul in den
Bergen ab.
Sie sollten einen Angriff auf ein kleines
kurdisches Dorf verhindern.
Von dem bevorstehenden Angriff hatte
man vor drei Tagen erfahren. Er sollte heute
erfolgen.
Angelos lag in Deckung hinter einem
niedrigen Felsen, seine Kameraden jeweils
300 m entfernt.
Man konnte das Dorf und die Umgebung
gut einsehen. Es herrschte Ruhe.
Nichts rührte sich in dem Dorf.

Angelos war unruhig. Das kannte er nicht
von sich.
Er war immer die Ruhe selbst.
Nicht dass er keine Angst hatte.

Angst braucht man. Nur sie kann im entscheidenden Moment die lebenswichtigen Instinkte in Gang setzen. Und einen wachhalten, denn mitunter musste er sechs oder acht Stunden regungslos daliegen.

Die Angst war da, aber da war noch etwas anderes.

Eine Art zweite Angst.

Die Angst, er könnte Paul nicht mehr wiedersehen.

Die Angst, was Paul tun würde, wenn ...

Angelos lächelte beim Gedanken an Paul.

Der Heiratsantrag war ein gelungener Einfall.

Und er meinte es ernst.

Ich will mit Paul zusammen sein.

Und ja, er liebt mich.

Aufrichtig. Nein, eher abgöttisch.

Ein tolles Gefühl.

Und er erkannte, dass er es Paul nicht antun konnte, weiter seiner Arbeit nachzugehen.

Die Angst würde Paul zerstören.

Er lächelte beim Gedanken an Pauls Reaktion. Sein Glückspegel würde noch weiter steigen. Wenn dies überhaupt noch möglich war.

Bei der Rückkehr würde er Nikos fragen, ob er in den Innendienst wechseln könne.

Da traf ihn ein heftiger Schlag am rechten Arm. Der Schuss kam von oben. Ein Hinterhalt. Mist.
Er kroch auf die andere Seite des Felsens.
Aber ein Blick auf seinen Arm zeigte ihm, dass die Schlagader getroffen war.
Und niemand da, der ihn abbinden konnte.
Seine Kameraden lagen selbst unter Feuer.

Angelos seufzte.

41

Pandis saß auf seinem Balkon, streckte die Füße lang und blickte zu den Sternen hinauf. Es war spät, sehr spät. Irgendwas nach drei.
Auch wenn Angelos nicht hier war, so war Paul im Inneren ruhig – und glücklich.
Angelos hatte ihn geheiratet.
Sechs Monate waren sie nun zusammen.
Aber Pandis war sich damals vollkommen sicher. Und hatte es keine Sekunde bereut.
Nicht, dass sie sich nicht gestritten hätten.
Aber Angelos war der ruhige Typ, der seinen Standpunkt immer sachlich begründete. Paul konnte also fast immer nachvollziehen, warum Angelos etwas anders machen wollte.
Kein Geschrei, kein Gezicke. Nichts.
Eine fast erschreckende Harmonie.
Und seine Eifersucht bekam Pandis langsam auch in den Griff, denn: Angelos bot ihm keinerlei Anlass.

Nur wenige Stunden vorher dachte er, er müsse sterben. Er bekam plötzlich Herzrasen, ihm wurde schwindlig und übel. Nur mit Mühe schaffte er es aufs Bett. Nach nur 15 Minuten ging es ihm wieder gut.

Seltsam. Das war um 18.45 Uhr Mykonos-Zeit. Schon um 12 Uhr mittags ging es ihm urplötzlich schlecht.

Jetzt war alles wieder in Ordnung. Ob er zum Arzt sollte? Nein, sein bester Arzt war Angelos. Wahrscheinlich waren es Entzugserscheinungen, dachte Pandis und lächelte.

Ein Hubschrauber störte die himmlische Ruhe.

Bestimmt wieder ein Neureicher, dachte Pandis fluchend. Nachts um halb vier!

Zwanzig Minuten später klingelte es an der Tür.

Wer zum Teufel …

Es konnte nur Angelos sein. Pandis rannte zur Türe und öffnete sie.

Und spürte, wie sein Gehirn einfror.

Es war Nikos.

„Hallo, Paul!"

Paul war zu keiner Reaktion fähig.

„Darf ich reinkommen?"

Paul ging zur Seite, noch immer still.

Seine Augen füllten sich mit Tränen.

„Er ist tot, nicht wahr?"

Nikos nickte nur.

Paul ging auf Nikos los.

„Du elender Scheißkerl!"

Er trommelte auf Nikos Brust, aber dieser drückte ihn fest an sich.

Und plötzlich wich alle Energie aus Pandis´ Körper.

„Er war wie ein Sohn für mich", Nikos kamen die Tränen.

„Du hättest auch jemand anderes schicken können!", sagte Paul leise.

„Dann wäre es das nächste Mal passiert. Es war sein Beruf. Und er hat ihn geliebt, das weißt Du."

Paul schwankte, fiel in sich zusammen und knallte auf den Boden.

Als er wieder zu sich kam, lag er auf der Couch und Nikos saß ihm gegenüber.

„Wo?"

„Das dürfte ich Dir zwar nicht sagen, aber im Irak. Er hat nicht gelitten, Paul. Ich war bei ihm."

Leere. Vielmehr Kälte. Sein ganzer Körper fühlte sich an, als wäre er schockgefroren.

„Habt ihr wenigstens seine Leiche?"

„Ja. Wir lassen nie jemand zurück."

Pandis fragte sich, ob Angelos Eltern hatte, die noch lebten. Sie hatten darüber nicht gesprochen.

42

„Wir würden den Leichnam zu Dir bringen,
wenn Du möchtest. Du stehst ihm am
Nächsten."
Ja. Das stimmt wohl.
Ich kann ihn nicht beerdigen.
Das überlebe ich nicht.
„Paul?"
Aus dem Nebel tauchte Nikos´ Gesicht auf.
„Paul, in der Situation kann man nicht viel
sagen. Ich muss Dir aber eine Frage stellen:
Kann ich Dich alleine lassen oder möchtest
Du, dass ich hierbleibe?"
Paul schaute ins Leere.
„Wann ist es passiert?"
„Gegen zwölf Uhr mittags", sagte Nikos.
„Und gestorben ist er um 21.45 Uhr, richtig?"
Drei Stunden Zeitverschiebung.
Nikos schaute verblüfft.
„Woher weißt Du das?"
„Weil es zwischen uns eine Verbindung
gab. Es waren seine letzten Zeichen."
Pandis atmete tief ein und sagte:
„Du brauchst nicht zu bleiben. Aber lass
Deine Pistole hier."
Pandis ging in die Küche. Warum wusste er
nicht.
„PAUL!"

Aber was sagt man zu einem 53-jährigen?
Du findest wieder einen anderen?
Nein, es gibt keinen zweiten Angelos.
Das Leben geht weiter?
Nein, manchmal hört es plötzlich auf.

Nikos wusste, dass die Gefahr bestand, dass
er nach Angelos nun mit Paul noch einen
weiteren Freund verlieren würde.
Er hatte sich aufrichtig gefreut für die
beiden.
Und er wusste, dass Pandis dank Angelos
wieder einen Sinn in seinem Leben sah.
Und der war in den Bergen Kurdistans
endgültig verschwunden.

Er machte sich Vorwürfe. Er hätte auch
Kostas schicken können. Aber sie wollten
den besten.
Und das war zweifellos Angelos.
Er hat seit 30 Jahren nicht mehr geweint,
nicht mal beim Tod seiner Mutter.
Doch jetzt kamen Nikos die Tränen.

43

Er saß in seinem Büro in Athen, als die
Nachricht kam, Angelos sei schwer verletzt.
Zehn Minuten später saß Nikos in einem
Flugzeug nach Mossul.
Das war gegen die Vorschriften und
unprofessionell. Er hätte Kontakt zum
Lazarett halten und seine Vorgesetzten
informieren sollen. Und: er hätte das
Procedere beim Ableben eines Agenten
einleiten müssen. Aber all das konnte er
nicht. Nikos hatte Angelos eingestellt und
zum Scharfschützen ausbilden lassen. Sie
hatten wirklich fast so etwas wie ein Vater-
Sohn-Verhältnis.
Was aber fast nicht zu ertragen war:
Es betraf gleich zwei seiner Freunde.
Denn auch Pandis war ihm ans Herz
gewachsen. Knorrig, aber mit Charakter
und Verstand. Und außerdem hatte ihm
Pandis das Leben gerettet.

Er war sich sicher: Wenn Angelos sterben
würde, so wäre auch Pauls Leben vorbei.

Als er in dem amerikanischen Lazarett
südlich von Mossul eintraf, sagte der Arzt zu

ihm: „Nehmen Sie Abschied. Er wird die Nacht nicht überstehen!"

Nikos ging in den Container, in dem Angelos lag.

Er nahm sich einen Stuhl, setzte sich und griff nach Angelos´ rechter Hand.

Angelos öffnete die Augen.

„Hallo, Chef, es tut …"

„Psst. Es wird alles gut!"

Oh, du Lügner.

„Soll ich Paul kommen lassen?"

Angelos schüttelte den Kopf und sagte leise:

„Er soll mich so nicht sehen. Außerdem halte ich nicht mehr so lange durch. Aber versprich mir, dass Du auf Paul aufpasst. Ich habe Angst, dass …"

„Ruhig, Angelos. Die Angst habe ich auch. Pandis ist auch mein Freund. Aber wir wissen beide: er kann nicht ohne Dich leben. Und er will es auch nicht."

Angelos nickte. Tränen liefen ihm über das Gesicht.

„Ich habe ihm sein Leben versaut. Hätte ich nur nie…"

„Angelos, hör auf! Sofort! Er hat erst zu leben begonnen, als Du aufgetaucht bist. Er war noch nie – noch nie – so glücklich."

Angelos lächelte schwach.

„Ich glaube, Du hast recht. Sagst Du es ihm? Und fährst Du bitte hin? Nicht am Telefon, bitte. Kümmere Dich um ihn! Ich habe ihn geheiratet, damit er keine Angst mehr haben muss, mich zu verlieren. Und jetzt lasse ich ihn im Stich!"

Der Mann stirbt, dachte Nikos, und denkt dabei an andere.

„Natürlich fliege ich hin. Ich erfülle Dir Deinen Wunsch und tue, was ich kann, allein..."

ES WIRD NICHTS NÜTZEN. DU WARST SEIN LEBEN.

Es kann keinen Gott geben, schloss Nikos. Und wenn er so grausam ist, möchte ich auch nicht an ihn glauben.

Dann schlief Angelos ein.
Nikos blieb bei ihm, bis er starb.
Um 21.45 Uhr Ortszeit.

Und nun stand ihm der schlimmste Gang seines Lebens bevor.

Er hatte schon viele Todesnachrichten überbracht. Beim Geheimdienst waren Verluste einkalkuliert. Jeder seiner Leute wusste, dass es gefährlich ist und das Leben kosten kann.

Manche Ehefrau brach in Tränen aus, manche schrie. Die Ehemänner, denn sie hatten auch weibliche Agenten im Einsatz, waren meist gefasst und zeigten nur wenig Regung.

Aber er hatte noch nie erlebt, dass ein Mensch nach einer solchen Nachricht praktisch aufhörte zu existieren.

Pandis war regelrecht erloschen, verpufft. Das Feuer war aus. Eine Hülle ohne Leben.

44

„Paul?"
Nikos hörte ihn schreien wie ein
verwundetes Tier. Pandis saß auf dem
Boden mit angewinkelten Beinen. Er
vergrub seinen Kopf.
„Du kannst mich nicht tagelang
beaufsichtigen."
„Himmel, Paul. Glaubst Du, er hätte gewollt,
dass Du Dich erschießt, wenn ihm etwas
passiert?"

„Nein, er hätte es nicht gewollt. Aber er hat
es gewusst."
Das stimmt.

Nikos legte seine Pistole auf den Tisch.
„Aber bitte, warte eine halbe Stunde, mir
zuliebe. Ich ertrage das nicht zwei Mal am
selben Tag."
Paul nickte.

„Leb´ wohl, mein Freund. Wir werden uns
wiedersehen, wo auch immer."
Dann ging er.
Beim Hinausgehen rief Paul hinterher:
„Nikos? Danke! Das würde nicht jeder tun!"

Nikos drehte sich noch einmal um.

„Ich weiß, dass das Leben ohne ihn für Dich nicht denkbar ist. Und dass es keine Kurzschlussreaktion ist. Du hast das schon lange beschlossen. Richtig?"

„Als er abgefahren ist, war da wieder diese Leere. Und die will ich nie wieder spüren!" Die beiden drückten sich und die Tränen liefen. Dann ging Nikos. Er konnte Paul nicht sagen, dass Angelos um eine Versetzung in den Innendienst gebeten hatte.

Manchmal hat die Wahrheit ihre Grenzen.

Paul stand auf, ging zu seiner Kommode und holte einen Umschlag heraus und legte ihn auf den Küchentisch.

Er griff sich den Block und begann zu schreiben.

45

Bei Aris klingelte das Telefon.

„Aris?"

Es war Giorgos, vollkommen aufgelöst.

Aris befürchtete das Schlimmste.

„Aris, wir vermuten, dass Paul sich etwas angetan hat. Oder antun wird. Wir haben in seiner Wohnung einen Brief an Dich gefunden. Angelos ist gestern gestorben. Nikos hat uns informiert. Weißt Du, wo wir Paul finden könnten?"

Aris schnürte es die Kehle zu.

Angelos tot? Oh mein Gott! Aris wusste sofort, was das bedeutet.

„Giorgos, egal, wo er ist. Es wird zu spät sein!"

Mein lieber Freund Aris,

ich weiß, Du bist wütend auf mich, weil ich Dich nicht um Rat gefragt habe, bevor ...

Aber Du musst mir glauben, wenn ich sage, dass dieser Entschluss schon vorher feststand.

Ich hatte entschieden, dass – sollte Angelos etwas zustoßen – ich ihm folge.

Ich kann nicht ohne das Licht leben, das er in mein Leben gebracht hat.

Verzeih!

Ich habe Dich als meinen Erben eingesetzt. Es ist natürlich kein Vermögen – nicht vergleichbar mit dem eines Autoverleihers – mein letzter Scherz.

Bitte sorge mit dem Geld dafür, dass Angelos eine würdige Beerdigung erhält.

Er hat es verdient.

Leb wohl!

Dein Freund Paul

Sein erster Gedanke: „Verfluchter Angelos".
Paul könnte noch leben, wenn ...
Kurz darauf tat es ihm leid. Der arme Kerl ist weit vor seiner Zeit wahrscheinlich irgendwo auf einem kalten Berg allein gestorben.

Er musste ehrlich sein. Sein Freund Paul war so glücklich, seit er mit Angelos zusammen war. Eine komplette Verwandlung zum Guten.

Aber Aris nahm Angelos nie ab, dass er längerfristig mit Paul zusammen sein wollte. Und vor der Zeit danach fürchtete sich Aris. Als Paul bei ihm war und freudestrahlend von dem Heiratsantrag berichtete, hatte er ein schlechtes Gewissen.

„Paul, ich habe gedacht, er sucht sich letztendlich irgendwann einen Jüngeren. Ich lag komplett falsch. Ich glaube, dass Du sehr glücklich sein wirst. IHR. Ich gratuliere Dir von Herzen. Und wehe, ich werde nicht euer Trauzeuge!"

Das hatte sich nun erledigt.

Aris war sehr gläubig – wie viele Griechen auch heute noch. Er glaubte an den Himmel und die Wiedergeburt. Das erleichtert Trauern ungemein.

Er ging ans Fenster, blickte auf die aufgewühlte Ägäis.

Als würde auch sie erzürnt sein, über das, was passiert war.

Paul war tot. So sicher wie das Amen in der Kirche.

„Angelos, verzeih mir. Ich weiß, dass Du nicht gläubig bist, aber wenn ich recht behalte, sehen wir uns wieder. Vor allem Du und Paul."

46

Kommissar Paul Pandis ging wie in Trance hinunter zum Strand von Kalafati.
Er setzte sich in den feuchten Sand.
Er blickte hoch zu den Sternen.
Plötzlich eine Sternschnuppe.
Angelos.

Paul Pandis hob die Pistole an.

47

„Hier ist ERT mit den Nachrichten aus Athen. Vor sechs Monaten berichteten wir über eine Demonstration auf Mykonos. Mehr als 6000 Menschen demonstrierten damals gegen die Entlassung des Polizeipräsidenten Pandis. Der hatte sich zuvor als homosexuell geoutet und bekanntgegeben, dass er mit dem 28-jährigen Angelos Markaris zusammenlebe. Der Bürgermeister nahm die Entlassung zurück. Danach hatte Markaris im Flughafen Mykonos dem Kommissar einen öffentlichen Heiratsantrag gemacht. Wir haben darüber berichtet.

Doch in den letzten 24 Stunden ereignete sich eine Tragödie. Der 28-jährige, der Armeeangehöriger war, starb bei einem Kampfeinsatz. Näheres gab das Ministerium aber nicht bekannt. Kurz nach Bekanntwerden der Nachricht fand man den Polizeipräsidenten von Mykonos, Paul Pandis, mit einem Kopfschuss am Strand von Kalafati.

Er hatte den Tod seines Lebensgefährten wohl nicht überwunden. Zur Beerdigung des 28-jährigen Angelos Markaris am Sonntag werden auf Mykonos Tausende von Trauergästen erwartet. Sämtliche Maschinen am Samstag und Sonntag sind wahrscheinlich aus diesem Grund ausgebucht. Ryanair hat zusätzlich vier Flüge nach Mykonos eingerichtet, wie das Unternehmen vor einer Stunde bekanntgab.

Der Bürgermeister von Mykonos sprach von einer unfassbaren Tragödie. Mykonos habe zwei hoch angesehene Bürger und einen hervorragenden Polizisten verloren.

Auch der Ministerpräsident äußerte sich in Athen. Er sprach von einer menschlichen Katastrophe. Er erinnerte daran, dass Markaris und Pandis maßgeblich an der Aufdeckung der „Morgenröte-Verschwörung" beteiligt waren. Die beiden hätten sich um das Vaterland verdient gemacht.

Und nun weitere Nachrichten…"

Als die Nachricht von der Tragödie bekannt wurde, wuchs das Blumenmeer vor Pandis´ Haus am Strand von Kalafati stündlich.

Und am Abend geschah etwas Sensationelles: die Besitzer aller Gay-Bars und Gay-Discos entschlossen sich, an diesem Tag nicht zu öffnen.
Zahlreiche Beach-Clubs wie das Tropicana und das Principote schlossen sich an.
Es hätte Paul und Angelos gefallen.
Für einen kurzen Zeitpunkt war selbst auf Mykonos Geld nicht das Wichtigste.

Die Geschichte beruht auf wahren Begebenheiten, auch wenn manche Namen und einige Aspekte – aus juristischen Gründen - geändert werden mussten.
Die erste Mitteilung, Pandis sei sofort gestorben, hat sich als falsch herausgestellt.

Tatsächlich überlebte Kommissar Pandis den Kopfschuss zunächst, denn er war – wie die Leser aus früheren Bänden wissen – ein lausiger Schütze.
Die Pistole rutschte beim Schuss ab. Er kam ins Krankenhaus und wurde dort in ein künstliches Koma versetzt.
Er überlebte dennoch nicht.

Mein Angelos:

Angelos Markaris, 28, starb am 16. September 2016. Sein Vater war den weiten Weg von Rhodos gekommen, um es mir persönlich zu sagen.
Er stand am folgenden Morgen um 09.30 Uhr vor meiner Türe in Mykonos-Tagoo.

Er muss – nur wenige Stunden, nachdem er die Todesnachricht bekam – am frühen Morgen in Rhodos ein Flugzeug bestiegen haben, um es mir persönlich zu sagen.
Um 09.31 Uhr fiel ich um und muss wohl auf dem Bettgestell aufgeschlagen sein.
Krankenhaus.

Angelos´ Vater blieb noch weitere zwei Tage, um sicher zu gehen, dass es mir gutgeht (dabei hatte der Mann ganz andere Probleme).

Beim Abschied entschuldigte ich mich für den zusätzlichen Ärger, den ich ihm bereitete.

Seine Antwort:
„Ich habe noch bei niemandem in den Augen soviel Schmerz und Verzweiflung

gesehen, wie bei Dir. Du hast Angelos aufrichtig geliebt, das weiß ich nun und ich und meine Familie danken Dir dafür. Unser Haus steht immer offen für den Menschen, den mein Sohn geliebt hat. Und Eines kann ich Dir noch sagen: er hätte selbst seine Familie aufgegeben für Dich. Aber soweit kam es Gott sei Dank nie!"

Was für eine Aussage eines griechischen Familienpatriarchen.

Ich wäre fast ein zweites Mal umgefallen.

Dabei war es anfangs schwierig.

Erfährt ein Vater, dass sein ältester Sohn, 28, schwul ist – Blutdruck hoch.

Er erfährt, dass dieser Sohn in einer Woche heiratet – das Blutdruckgerät pfeift.

Er erfährt, dass sein Schwiegersohn, also ich, 53 ist – die Manschette reißt.

Die Krönung aber war, dass ich noch seinen Namen tragen würde.

Darauf hatten Angelos und ich uns verständigt.

Ein griechisch-deutscher Doppelname?

Wie „Weidenfeller-Katsakis"?

Wirklich nicht.

Zwei Monate nach der Heirat später kam die Einladung zu seinen Eltern.
Offensichtlich hatte die Mutter ein Machtwort gesprochen.
Ihr Herz hatte ich schnell gewonnen. Die gemeinsame, panische Angst, Angelos könnte etwas passieren, schweißte uns zusammen.
Als sie bei dem Thema meine Tränen sah, wusste sie, ihr Sohn ist in guten Händen.

Drei Tage später begann die verhängnisvolle Reise.
Aber wir konnten noch heiraten.
Dafür bin ich dankbar.

Ein Jahr später erzählte mir Angelos´ Vater, dass in den letzten Stunden Angelos noch mit der Ärztin sprechen konnte. Er sagte ihr, sie solle seinem Vater ausrichten, dass er sich um mich kümmern muss. Er habe Angst, dass ich mir etwas antue. Das wäre sein letzter Wunsch.
Der Mann hat nur noch wenig Stunden zu leben und denkt dann an andere, in dem Fall: an mich.

Ich bin der Letzte, der religiös ist und ich habe auch für sonstigen Mystizismus keine Ader.

Aber als Angelos an jenem Tag seine tödliche Verwundung traf, war es etwa 12.00 Uhr.

Exakt zur selben Zeit wurde mir schlagartig übel und ich musste mich übergeben. Nur wenige Minuten später war alles wieder gut. Etwas Schlechtes gegessen, dachte ich, abgehakt.

Als Angelos um 21.45 Uhr starb, wurde mir wieder urplötzlich schwindlig und übel. Auch dieses Mal war es eine Sache weniger Minuten.

Erst als ich von seinem Vater die Uhrzeiten erfuhr, konnte ich es einordnen. Noch heute bekomme ich beim Gedanken daran eine Gänsehaut. Es gibt eine geistige Verbindung zwischen zwei Menschen, woher und warum auch immer.

Bei gewaltsamen Todesfällen ereilt jeden das Bedürfnis nach Rache.
Nur: Angelos starb bei einem Gefecht. Gegnerischer Schütze unbekannt.
In einer Gegend ohne jede Verwaltungsstruktur.

Und als Einzel-Rambo hätte ich keine
Chance gehabt. Dank Monsieur Gauloises
habe ich schon in Gebäuden ohne Aufzug
meine Probleme. Für kurdische Berge hätte
ich einen Hubschrauber benötigt.
Also: vergiss´ es!
Armeeangehörige im Einsatz müssen ein
Testament machen. Angelos hatte es vier
Wochen vor seinem Tod geändert.
Er verfügte, auf Mykonos beerdigt zu
werden. Für seine Familie ein Schlag und
ich fragte Nikos, warum er das wohl getan
hat.
Er sagte: „Blöde Frage. Er wollte bei Dir
sein."

Die Zeit heilt Wunden?
Nein. Das ist eine Lüge.

Noch heute – zwei Jahre danach – sage
ich aufrichtig:
Ich wäre besser mit ihm gestorben, wenn
ich nur an diesem Tag hätte bei ihm sein
können.
In dem verfluchten Kurdistan.

Mir bleibt nur die Erinnerung – und sein
Name.
Call me by your name

Zwischen unserem Kennenlernen und dem tragischen Tod Angelos´ lagen etwa sechs Monate puren Glücks, die nicht vergessen werden sollten.
Es wird daher ein Prequel entstehen.
Sobald oder falls ich dazu in der Lage bin.

Hinweise

Der griechische Geheimdienst heißt EYP (Ethniki Ypiresia Pliroforion) und untersteht der Armee.

Giorgos Papadopoulos war Diktator Griechenlands zur Zeit der Militärherrschaft 1967-74.

ERT ist das griechische Staatsfernsehen/Rundfunk.

PERSONENREGISTER

Paul Pandis	Kommissar
Giorgos und Yannis	Seine Mitarbeiter
Aris	Pandis´ bester Freund
Nikos	Abteilungsleiter beim Geheimdienst EYP
Angelos	Scharfschütze und Agent des EYP und: Pandis´ Lebensgefährte
Milas/Tschernenko	ukrainischer Milliardär, Grundstücksbesitzer in Lia
Pavlos	Barkeeper, Mordopfer 1
Aias Lamprou	Landwirt in Lia Mordopfer 2

GRIECHISCHE BRANDUNG

Der Mykonos-Krimi 1

Es waren noch zehn Meter, zehn endlose Meter.
Hinter sich hörte er heftiges Schnaufen.
Sie kamen näher.
Als er den Hof erreicht hatte, packte ihn eine
Hand am Hemdkragen. Er kam nicht mehr
voran.
Fünf Meter vor dem Ziel.
Plötzlich spürte er einen furchtbaren Schlag von
vorne.

Und er hörte ein Krachen. Nein, er hörte und
SPÜRTE ein Krachen.

In der Regel lautet bei einem Mord die
entscheidende Frage: Wer ist der Mörder?
Nicht so im vorliegenden Fall. Kommissar Paul
Pandis von der Inselpolizei Mykonos quält
zunächst ein anderes Problem: Wer ist das
Opfer?
Als er es endlich herausfindet, ist ihm klar, dass
dies keine normale Ermittlung wird.

JENSEITS VON MYKONOS

Der Mykonos-Krimi 2

Es war vorbei.
Seine Füße begannen zu versagen.

Immer wieder Wasser. Salzwasser. Es rann die
Speiseröhre hinunter und brannte im Magen.
Sehen konnte er auch nicht mehr viel. Das Salz
brannte auch in den Augen.
Er merkte, dass er immer öfter unterging.
Wer hat mich verraten? WER?
Dann kam die Erkenntnis: Es ist egal. Denn Du
bist tot.

Kommissar Paul Pandis steht ratlos in einer
Kunstgalerie.
Auf einer Skulptur, einem blauen Stier, hängt
eine Leiche, der Galeriebesitzer.
Und der war 94 Jahre alt.
Schnell ist Pandis klar, dass hier die
Vergangenheit ihre Schatten wirft.

MYKONOS SPEED

Der Mykonos-Krimi 3

Gas, Gas!
Der Motor röhrte.
Die Reifen qualmten.
Dann bekamen sie Grip.

Der Ferrari wurde immer schneller.
Passierte das Ortsschild.
Vor ihm der große Kreisverkehr.

Pedal, kein Druck, Erstaunen.
Pedal, kein Druck, Panik.
Dann flog er über das Geländer und
krachte in das Denkmal.
8 Min 42 Sekunden von Ano Mera.
Das war neuer Rekord.
Es war sein letzter.

Kommissar Paul Pandis hält es zunächst für
einen Verkehrsunfall. Das Unangenehme:
Das Opfer ist der Sohn des Bürgermeisters.
Doch der Wagen war gestohlen. Und es
Ist beileibe nicht der erste verschwundene
Ferrari auf der Luxus-Insel.

MORGENRÖTE ÜBER MYKONOS

Der Mykonos-Krimi 4

Er lag mit dem Rücken auf etwas und war
gefesselt.
Was war hier los?
Ich bin doch nur ein deutscher Tourist?
Es muss ein Missverständnis sein.
Er konnte sich nur an einen Schlag erinnern.
Dann das große Nichts.
Er hörte Schritte.
„Hellas Heil,
Chrysi Avgi,
es lebe die Goldene Morgenröte!"
Dann hielt einer der Männer seinen Kopf
hoch.
Der Andere rammte ihm zwei dünne,
orthodoxe Gebetskerzen in die Nase.
Kommissar Pandis und die ganze Insel sind
fassungslos angesichts zweier brutaler
Morde. Die Spur führt ihn zur „Goldenen
Morgenröte", einer rechten Splitterpartei.

MYKONOS LOVE STORY 2
DAS PREQUEL

DAS GOLDENE EI

Der Mykonos-Krimi 6

High Society wie die Kunstwelt blicken nach Mykonos. Ein bisher verschollen geglaubtes Zaren-Ei soll auf der Insel ausgestellt werden.
Ein Sicherheits-Alptraum für Kommissar Paul Pandis.
Dennoch: zumindest keine Mordermittlung. Zunächst.
Dann wird auf einer Yacht eine weibliche Leiche gefunden.
Es ist Pandis´ Ex-Frau.
Und die war zuvor wenig begeistert davon, dass Pandis nun mit einem Mann verheiratet war.

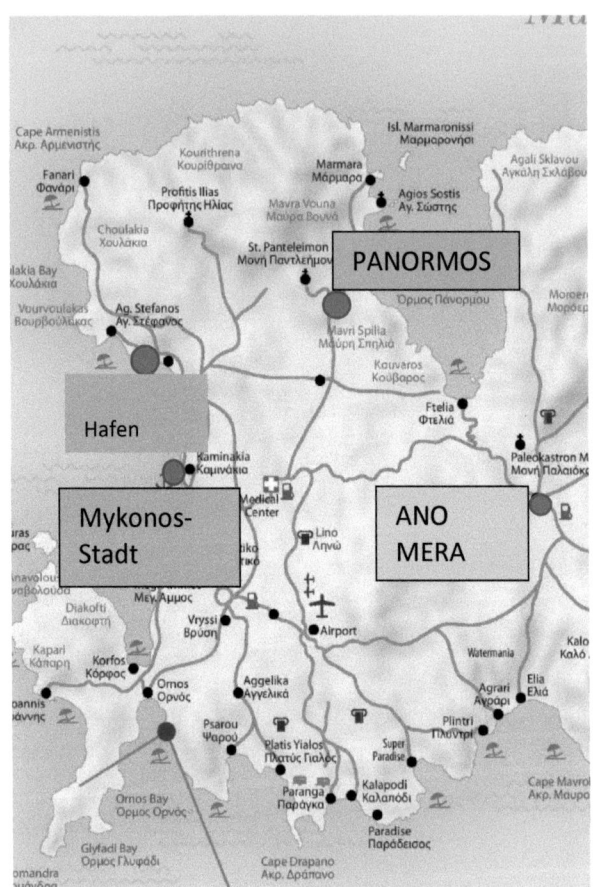

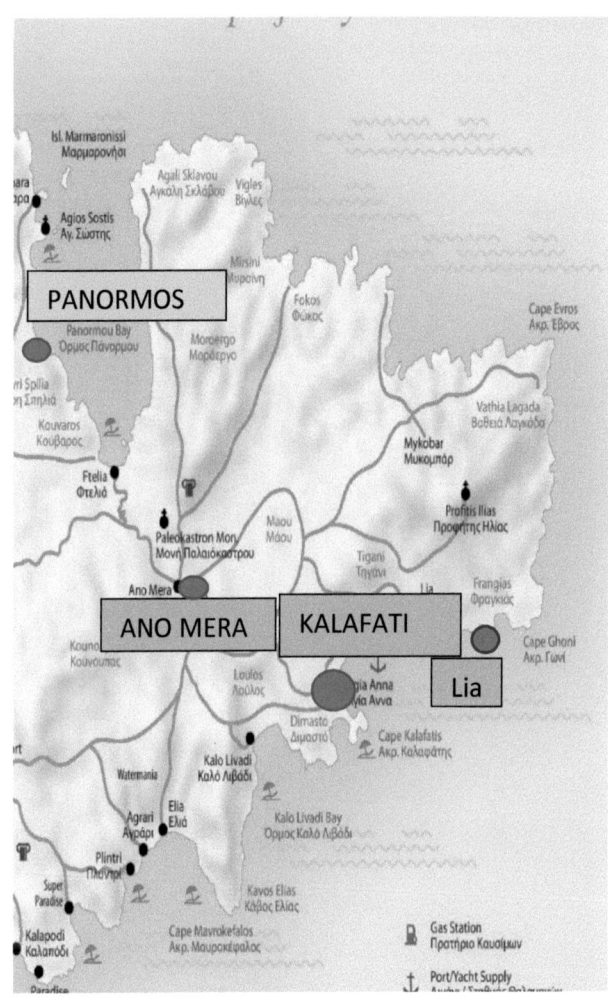